無能令嬢は契約結婚先で花開く

JN011196

Honninwaitattemajime
本人は至って真面目

Illustration:Yasuyuki Torikai
鳥飼やすゆき

CONTENTS

無能令嬢は契約結婚先で花開く

●第一章

——今でも、あの頃の夢を見る。

父と、母と、可愛《かわい》い妹に囲まれて幸せそうに笑む自分の姿を。

もう取り戻すことなんてできない幸福だった時間を。


暖かい春の陽光。

光を浴びて誇らしげに咲く美しい庭園の花たち。

テラスに広げられた、料理人の心づくしのお弁当。

妹を膝に乗せたお母様が、ふわりと私の頭を撫《な》でる。鼻腔《びこう》をくすぐる、甘くて瑞々《みずみず》しい花の香り。

頭に載せられた花冠を落ちないようにそっと手で支えながら、私は得意げにお父様の顔を仰《あお》ぎ見る。

似合っている、と相好を崩すお父様。

空へと消えていく、妹の笑い声。

それは、とっても幸せな家族の時間。


——そして幸せな夢は、いつもそこで途切れる。

景色が暗転する。

次に現れる場面はいつも同じ。

六歳になる貴族の子女が一斉に集められる、「水見の儀」。

私は水盆の前で、呆然《ぼうぜん》と水面に映る自分の顔を眺めている。

その向こうにいるのは、教皇様に向かって怒鳴り散らすお父様。お母様はその傍《かたわ》らで、真っ白な顔をしてただ立ち尽くしている。

ざわつく周囲。ひそひそとした囁《ささや》きと共に、自分に注がれる視線。

その視線が決して好意的なものでないことに、私は既に気がついている。

無意識のうちに、この日のために誂《あつら》えたペパーミントグリーンのふんわりとしたドレスの裾《すそ》を握り締めていた。

レースと贅沢《ぜいたく》な刺繡《ししゅう》がふんだんに使われた、侯爵家の威信をかけて作られたドレス。しかし、今この緊迫した空間においては、このドレスはひどく場違いで浮いて見える。

本当は、今すぐにでもお母様に飛びついて泣いてしまいたい。

でも、「淑女たる者、いかなる時も優雅たれ」というお父様の教えを胸に、私は己を叱咤《しった》してその場に踏みとどまる。

何度かやり取りが交わされ、諦めたように首を振ってお父様がこちらを見た。

お父様、と駆け寄ろうとした私と目が合う。その瞬間、身体が凍りついた。

お父様は、私の知っているお父様ではなくなっていた。

愛情でいっぱいだった優しい瞳は、蔑《さげす》みと憎悪によって歪《ゆが》められていた。

その対象は……私だ。お父様は、私を憎んでいる。

それに気づいた瞬間、凍りついたように足が動かなくなってしまった。なす術もなく、私は呆然と立ち竦《すく》むことしかできない。

そんな私に、彼は決まってこういうのだ。

これ以上ないというほどの憎しみと、嫌悪を込めて。

「この……無能め……一族の恥晒《はじさら》しが……っ！」

——そして、私はようやくこの悪夢から目を醒《さ》ます。

○　○　○　○　○　○　○

「お前の嫁ぎ先が決まった」

バーネット家の当主、エセルバート侯爵の突然の言葉。

夕飯の差配を進める使用人たちの動きが一瞬止まり、そして何事もなかったかのように再び動きだす。

自身の話でありながら、ミラベルは無感動にその言葉を受け止めていた。

バーネット家の長女という身分にも関わらず、彼女は食卓の席につくことが許されていない。粗末な服をまとって、彼女は使用人と共に席の後ろに控えている。

自分の娘の話だというのに、その後も侯爵は彼女を一瞥《いちべつ》もしないでただ黙々と食事を続ける。

「それで、おとーさま。お姉様は何処《どこ》へ嫁ぐ予定ですの？」

少し甘えた声で、父親の言葉の続きを促す妹のレイチェル。

その言葉は決して姉を想ってのものではないとわかっていたが、ミラベルはありがたくその話の続きを拝聴することとする。

「トレヴァー男爵だ」

「まぁ、魔術師団の次期師団長と噂される、あのお方？」

「ああ、先方から打診があってな。いくら師団が実力主義とはいえ、彼が師団長に就任するには箔が足りない。察するに、この婚約によって侯爵家である我が家と繋ぎを作りたいのだろう。家柄に差があるが、まぁこちらとしても今勢いのあるトレヴァー家を抱き込んでおくのは、悪くない話だ。そういうことで、とんとん拍子に話がまとまったというわけだ」

「でもお父様、よろしいんですの？」

「ん？　何がだい？」

レイチェルの赤い唇が、ニヤリと吊《つ》りあがった。こんな時、彼女が口にする言葉は大概が姉《ミラベル》を貶《おとし》めるためのものだ。ミラベルは人知れず身を固くする。

「トレヴァー男爵といえば、魔術の発展のためならば犠牲を惜しまない冷酷無比なお方と、お噂はかねがね。そんな厳しい方のところで、お姉様がやっていけるのかしら？」

「らしいな、」

　エセルバート侯爵も唇を歪める。

「だから先方には厳しく躾《しつ》けてやってくれ、魔術の発展に我が家の無能が貢献できればこれ以上ない誉れだと、伝えておいてある。せっかくだから婚約期間中は花嫁修業に使ってやってくれと提案しておいてやった。この無能がこれ以上我が家に居ても、何の役にも立たないしな」

「素晴らしいですわ、お父様」

　もっともらしく頷《うなず》いて、レイチェルは忍び笑いを洩《も》らす。

　二年ほど前。母親であるバーネット侯爵夫人が亡くなってから、このミラベルをダシにした「仲良し親子ごっこ」にはどんどん拍車が掛かっていた。

　そっと目を伏せて、ミラベルは小さな溜め息を呑み込む。

「明日、迎えが来る。家を出る支度をしておけ」

　一瞬、それが自分に向けられた言葉だと気づくことができなかった。あまりに急な話に、返事をし損なう。

　そんな反応の鈍いミラベルに忌々《いまいま》しそうに舌打ちをすると、侯爵は手にしていたワイングラスを躊《ちゅう》躇《ちょ》なく彼女に向かって投げつけた。

　思わず目を閉じて、顔を背ける。ワイングラスは僅《わず》かに狙いを逸《そ》れ、ミラベルのこめかみを掠《かす》めてすぐ脇の壁に当たった。

パリン、とグラスの砕ける音と共に、飲み残しのワインが飛び散る。血のように赤い液体は細かな水滴となり、彼女の頬を濡らした。

「申し訳ございません」とミラベルは震える声で謝罪を口にし、必死で頭を下げた。

——迅速な謝罪と、卑屈なほどの低姿勢。

これが、父親の折檻《せっかん》を逃れる一番の方法だとミラベルは身をもって知っていた。……それでも虫の居所が良くない時には普通に殴られるのだが。

「スケープゴートとしての才能だけはある」と実の娘に火焔《かえん》魔術をぶつけながら宣《のたま》う侯爵には、もはや彼女に手をあげる大義など必要ないのかも知れない。

「無能のお前の所為《せい》で、我が家は散々笑い物にされてきた。何度殺してやろうと思ったことか……！これでようやく厄介払いできるかと思うと、せいせいする！」

憎々しげに侯爵は吐き捨てると、人差し指をミラベルに突き付けた。

「良いか、これでもう侯爵家はいっさい、お前とは関わらんからな！　トレヴァー男爵とは付き合っていくが、バーネット家がお前個人に関知することは絶対にない。何があっても、お前に帰る家はないものと思え！」

「……かしこまりました」

ワインの雫《しずく》が、ぽたぽたと頬から滴り落ちる。それを拭うでもなく俯《うつむ》いたまま、ミラベルは小さく返事をした。

——今の言葉から、侯爵がこの結婚が幸せなものになるとは全く思っていないことが察せられる。

実の父親にそこまで疎まれているという事実は、何年経っても辛《つら》いままだ。しかし、彼をそこまで歪めてしまった原因が自分であると常々自覚している彼女は、ただ黙ってその言葉に従うしかない。

「侯爵家の財産を持ち出すことは罷《まか》り通らん。明日は身一つで出て行け」

(私が手にできる物なんて、この屋敷に一つもないのに)

内心思いながらも、ミラベルはただ大人しく頭を下げる。

今朝見たばかりの夢が蘇《よみがえ》った。

――あの頃みたいに家族が笑ってくれたら、どうなっても構わない。

自分の所為でその幸福を失ったくせに、そんなことを思ってしまう私は愚かだろうか。

取り止めのない想いを胸に隠して、ミラベルはただ力なく目を閉じた。

どうせ、無能の私に貴族としての価値はない。それならば、せめて婚姻というカタチで役に立てるだけでもありがたい機会なのだろう。そう、自分に言い聞かせる。

――チクリと胸を刺すその痛みには、気づかないふりをした。

○　○　○　○　○　○　○

夕飯が終わり、食堂からは人の気配がなくなる。

明かりもほとんどついていない薄暗い中、ミラベルは先ほど投げつけられたワイングラスの欠片《かけら》を必死に素手で拾い上げていた。

少しでも破片が残されているのが見つかったら、何をされるかわからない。折檻《せっかん》を受ける可能性をできる限り排除しようと、目を皿にして床に這《は》いつくばる。

本当は箒《ほうき》を使いたかったのだが、使用人には「これから使うから」とにべもなく断られてしまった。こんな夜に掃除なんてしないことはわかりきっていても、ミラベルは食い下がることもできずその場を後にする。

今では、当主の娘であるはずのミラベルよりも、使用人のほうが大きな顔をしている始末だ。しかし、当主がそれを咎《とが》めることはない。

「痛っ」

――思わず小さな悲鳴を上げた。ガラスの破片を拾う指先に、鋭い痛みが走る。と同時に、さっくりと切れた指の腹から見る見るうちに鮮やかな赤い血が盛り上がった。

髪も唇も指先も、続く過酷な日々の生活に色を失って久しい。それでもまだ、自分の中に流れる血は鮮やかな色をしているのだな、と乾いた気持ちでそれを眺める。

何にせよ、早くこの仕事を終わらせなくては。まだ、皿洗いも食器磨きも終わっていない。本来はメイドの担当であるはずの仕事も、いつしかミラベルに押し付けられるようになっていた。

何しろ屋敷内の不備はすべて彼女の所為にされ、折檻の対象となるのだ。使用人たちが彼女を軽んじるようになるのも、無理のないことであった。

それが終わったら、やっと食事を口にできる。キッチンの片隅にある、鍋の底にこびりついた残飯。もはや料理ともいえないものではあるが、それは間違いなくミラベルの命をつなぐために必要な栄養だった。


そうして一日の仕事をなんとか終えて。

ミラベルは静かに庭園の井戸へと向かった。

彼女は使用人たちが使った後の最後のお湯を使うように命じられている。桶《おけ》に僅かに残される、清潔とは言いがたいぬるい水。しかし、その溜《た》められた水ですら、嫌がらせで捨てられてしまうことも多い。

今日もまたお湯が残っていなかったため、明日のことを考えてせめて身体だけでも拭いておこうと彼女は静かに水を汲《く》む。もう、これぐらいのことでは心も悲鳴を上げなくなっていた。

幸い、最近は水温もだいぶ高くなってきた。水浴びも、そこまで辛くはない。

そうして何気なく水桶を覗《のぞ》き込んだ彼女は、その水面に映った自分の顔に思わず深い溜め息をついた。

子供の頃は艶《つや》やかで妖精のようだと褒めそやされていた赤みがかった金髪。しかし三つ編みにきつく束ねている今では、美しかった髪は見る影もなく傷んで色褪《いろあ》せ、ぼさぼさにほつれてしまっている。

落ち窪《くぼ》んだ瞳は、色こそ変わらぬ翠《みどり》色だが、かつてのエメラルドのような輝きはない。

骨張った身体。歪んだ姿勢。絶えず人の視線を窺《うかが》う、弱気な表情。

――どこをどうとっても、くたびれた魅力のない女。

（こんな私を嫁にもらうだなんて）

侯爵家の長女という肩書きさえなければ、決して訪れなかったであろう求婚。

相手がどんな女かも知らずにそんな提案をしたトレヴァー男爵には、同情めいたものすら感じてしまう。

（それでも、これはチャンスかもしれない）

一族の役立たずと罵りながらも、彼らはミラベルを決して外へ出そうとはしなかった。恥晒しを世に出すなどとんでもない、というのが彼らの言い分だったからだ。

逃げる場所もなく、日常的な罵倒と暴力に晒されてきた日々。

環境が変われば、それが変わることもあるのだろうか。

（好かれることは到底無理だとしても……疎まれないように、ひっそりと暮らしていけたら）

ちゃぽん、と雫が落ちて、水面が揺れる。

波が鎮まり、再び水面に映し出されたミラベルの表情は、少しだけ晴れやかなものになっていた。

●第二章

——翌日。

婚約の話をされて昨日の今日だというのに、父親の言葉通りさっそく先方から迎えの馬車が来た。

おそらく婚約の話自体はもっと前から決まっていたのだろう。ミラベルはうっすらと察する。逃げ出さないように、当の本人にだけ伏せられていたということか。

大人しく馬車に乗り込んで、半日あまり。

ようやく目的地に着いたらしく、馬車が静かに止まった。上等なスプリングを使っているのか、衝撃はほとんどない。

「お待ちしておりました、ミラベル様」

馬車から降りると、銀髪の執事が迅速《じんそく》かつ丁重にミラベルを出迎える。

「あっ……よろしくお願いします……」

本来なら使用人に頭を下げてはいけないのだが、今までの癖が抜けずにミラベルは思わず頭を下げた。

「執事頭のクロードと申します。お荷物、お運びしましょう」

「あっ、すみませんっ、何も持ってきてないんです……」

「なるほど、荷物はお送りで？」

「いえ……そうではなく……」

何も持たずに来たのだ、と言うのが躊躇《ためら》われてミラベルは言葉を濁す。

一瞬不思議そうに目を細めたクロードだが、すぐにその表情を打ち消してにこやかに頷いた。

「既製品で恐縮ですが、ミラベル様のお部屋に衣装を用意してございます。近いうちにお身体にぴったり合うようオーダーの手配もしておきましょう。こちらの準備が無駄に終わらなくて、ようございました。……さあ、長旅でお疲れでしょう。まずはお部屋でお休みください」

「あ、ありがとうございます……」

荷物も持たずみすぼらしい形《なり》で屋敷を訪れたため、門前払いを食らってもおかしくはなかった。実際、迎えの馬車では乗るのを拒まれそうになっていたくらいだ。

クロードの優しい反応に、ミラベルは救われた気持ちになる。

——少なくとも直接的な悪意が向けられているわけではない。

それだけでも、安堵の想いが込み上げる。

ボロボロの出立ちに肩身の狭い思いをしながらも、素直に彼女は部屋へと向かった。


案内された部屋へと入る。思わず、ふぅ、と息をついた。

用意された部屋は客間としては広いくらいで、派手な装飾こそないが落ち着いた内装だ。客が過ごしやすいような配慮が随所に感じられる、居心地《いごこち》の良い空間。少しだけ緊張が緩む。

ふと部屋の隅に目をやれば、大きな衣装棚が目に入った。

（着替えを用意してあるって言っていた）

クロードの言葉を思い出して、ミラベルは何気なく扉へと手を伸ばす。

「わぁ……！　こんなに服がたくさん……！」

――思わず感嘆の声が洩れた。

扉を開けた途端、目の前でチカチカと色の洪水が渦巻く。目眩《めまい》すら覚えるほどの、圧倒的な鮮やかさ。その鮮烈な色の渦に、溺《おぼ》れそうな錯覚すら覚えた。

美しい衣装の数々。

つい手を伸ばしかけたところで、自分のぼろぼろな指先が目に入った。我に返り、びくりと立ち止まる。

（駄目、こんな汚れた姿でドレスなんて触っちゃ）

こんな素敵なドレスに相応《ふさわ》しいのは、相応の令嬢だけだ。間違ってもそれは、自分ではない。

目を奪われる絢爛《けんらん》な衣装から、無理やり視線を引き剝がす。

コンコン、と控えめなノックの音が響いた。

「ど、どうぞ！」

裏返った声で返事をすると、侍女が静かに入室する。

ふくよかな身体ながら背筋はぴしりと伸び、一挙手一投足に気品が満ちた女性。茶色の髪には白いものがところどころ混ざっているものの、その姿は年齢を感じさせない。

ミラベルと目が合うと、侍女は優しげな笑みを見せる。

「ミラベル様のお世話をさせていただきます、マーサと申します。お湯浴みの準備が整いました。旦那様は八時頃戻られますので、それまでに身支度ができるようお手伝いさせていただきます」

「あ、はい、お願いします……！」


――なんだか夢を見ているようだ。

ミラベルは改めてそう思った。ぶくぶくと湯の中に沈みつつ、手足を思い切り伸ばす。

促されるままに湯浴みへと向かった彼女を待っていたのは、花のような香りのする温かなお風呂と、心地好いマッサージだった。

てきぱきと手際良く、押し付けがましくない程度に強引にマーサは身支度を整えていく。

温かなお湯で何度も優しく身体を流され、垢《あか》と疲れが取り除かれていくうちに、いつしか自分もこの湯に溶けて流れていってしまうのではないかと、蕩《と》けた意識がつまらぬ夢想を呼び起こす。

「トレヴァー男爵ってどんな方でいらっしゃるの？」

この上ない心地好さにその身を委ねながら、ミラベルは何気なく尋ねた。

最初の緊張はすっかり解《ほぐ》され、マーサへの質問もだいぶ気負わなくなってきている。

「そうですね。世間では冷徹と噂されているようですが、旦那様はとても立派な方でいらっしゃいますよ。公明正大で、身分にとらわれず本質を見て判断ができる方です。ですから、私ども使用人も皆、旦那様を信頼しております。――ただ、かなりの人嫌いなのと……、仕事にのめり込む性質でたびたび体調を崩されることが玉に瑕《きず》……といったところでしょうか……」

「ふぅん……」

ぶくぶくともう一度湯船に沈む。

いざ対面の時間が近づくと、どんどん緊張が増してきた。

これだけの歓待を受けると、相手が少なからず自分に期待していることを感じさせられる。

そんな中でノコノコ現れた自分に、相手は失望しないだろうか。追い返されるのではないだろうか。


風呂を上がってからもその不安は振り払えぬまま、時間だけが過ぎていく。

マーサに身を任せているうちに、いつしか化粧もドレスの着付けも終わっていた。

触るのも躊躇われた先程のドレスに袖を通している自分を、信じられない気持ちで見やる。

「これで一通りのお支度、とといました。何か気になる点はございませんか？」

大きな姿見の前に立たされる。

「これが……私……」

感嘆の声が、思わず口をついて出た。

昨日水面に映った自分とは、まるで異なるその姿。

長袖の華奢《ごうしゃ》なドレスは首元まで繊細なレースで縁取られており、痩せ細り骨ばった傷だらけの身体を綺麗《きれい》に覆い隠してくれている。

それでいながらぴったりと身体のラインに沿ったドレスは、たおやかなミラベルの肢体を綺麗に見せ、妖精のような愛らしさと高貴な佇《たたず》まいを演出している。

薔薇のような香りの整髪料をたっぷりと含ませた髪は艶やかな光沢を取り戻し、ハーフアップにまとめられ、シルバーのティアラがキラリと光る。

落ち窪んだ瞳も痩せこけた頬も施されたメイクで綺麗に隠され、化粧の効果で醸し出しているのは庇護欲を掻き立てる深窓の令嬢のような儚い美しさ。

「まるで詐欺ね……」

「お気に召しませんでしたか？」

マーサの言葉に慌てて首を振る。

「そうじゃないわ！　ただ、あまりに本来の姿からかけ離れているから……」

「元の素材が良いからですよ。私も、お化粧していて楽しかったです。綺麗ですから、どうぞ胸を張ってくださいな」

言われて改めて鏡を見る。

外見だけはそれなりにととのえられた自分が、おどおどと此方《こちら》を見つめ返す。

見た目がいくら変わっても、そこだけは変えることのできない昏《くら》い眼差《まなざ》し。

素材が良いと言われて一瞬浮きたった心が、すっと冷めていくのを感じる。

そっと肩に手を置かれた。

「そろそろ旦那様が戻られるお時間です。食堂まで参りましょう」

○　○　○　○　○　○　○

——しかし。

そうして席につくこと、数時間。

待ち人のトレヴァー男爵は、いまだに来ていなかった。

ちらりと暖炉《だんろ》の上の置き時計を盗み見る。

時刻はすでに午後十時を回った。約束の刻限からは、もう二時間も過ぎている。

「申し訳ありません、ミラベル様。旦那様に今日の予定はお伝えしているのですが……」

クロードが冷や汗を額に浮かべながら何度目かの謝罪を口にする。

「いえ……」

ミラベルはぴんと背筋を伸ばして椅子に座ったまま、ゆっくりと首を振った。

食堂の席についた時から、その姿勢は一切崩れることがない。

気の毒そうな表情でクロードから先に食事を始めることを勧められたが、それを辞退して彼女はひたすら張り詰めた姿勢で男爵を待ち続けている。

待つこと自体は苦ではなかった。

立たされたまま半日以上罵詈雑言《ばりぞうごん》を浴びせられた実家での経験を思えば、椅子に座っての人待ちなど造作もない。

多少の空腹はあったものの、その程度であればいくらでも耐えられた。


——そうしてさらに時間が経過して。

お待ちかねのトレヴァー男爵がようやく帰宅したのは、時刻がもう午後十一時になろうかという頃だった。

玄関でクロードが主人に苦言を呈する声が聞こえるが、ミラベルは敢えて聞こえないふりをした。自分が蔑《ないがし》ろにされているという事実を突きつけられるのは、わかっていてもあまり気分の良いものではない。

「君がバーネット嬢か」

やがて、静かな声が頭上から降ってきた。慌ててミラベルは立ち上がる。

久しく使っていなかった淑女の礼をとり、挨拶を口にした。それだけで栄養の足りない身体はくらりと目眩を感じたが、必死でこらえる。

「はじめまして。ミラベル・バーネットと申します」

「ああ、イリアス・トレヴァーだ」

襟元を緩めながら不愛想に一言名前を名乗ると、トレヴァー男爵はミラベルを値踏みするかのようにじろじろと睨《ね》め付けた。

不躾《ぶしつけ》な視線に当惑を覚えながらも、ミラベルはそんなトレヴァー男爵の目を静かに見返す。随分と不機嫌そうな男性だ。険のある視線に射すくめられ、ミラベルは知らず知らずのうちに身を縮めてしまう。

長身瘦軀《そうく》の肉体。手足は長く上背は随分とあるが、身体が細いためか圧迫感はあまりない。燭台《しょくだい》の光が、男性にしては長い束ねた銀の髪を煌《きら》めかせる。月の光を蓄えたような、神秘的な髪の色だ。

切れ長の菫《すみれ》色の瞳の眼光は鋭く、人を近寄らせないオーラを放つ。

すっと通った鼻梁《びりょう》と眉は整ってはいるが、眉間には深い皺《しわ》が刻まれている。

疲れの所為か蒼白《あおじろ》い、細面で神経質そうな顔。

年齢は二十八歳と聞いているが、疲労の色濃く出た表情は、彼をひと回り老けて見せていた。

せっかく綺麗な顔をしているのに勿体《もったい》ない、と失礼な感想を抱いたところで、トレヴァー男爵がおもむろに口を開いた。

「あらかじめ伝えておこうと思うが……今回婚約の申し込みをさせてもらったのは、君が僕にとって一番都合が良かったからだ。それ以上の意味は特にないと知っておいてもらいたい」

「はい、弁《わきま》えております」

初《しょ》っ端《ぱな》からミラベルを拒絶するような言葉。

執事のクロードが主人を制する言葉を掛けようと口を開くが、元より覚悟していたミラベルは平然とそれに頷いた。飾らない率直な彼のその言葉には、むしろ好ましさすら覚える。

「しばらく結婚する気はなかったんだが、父母が相次いで亡くなったために早く当主として後継者を作るようにと周囲がうるさくなってしまってね。つまり……この結婚は仕事のようなものだと考えてほしい。僕の妻として、振る舞う仕事。要は、契約結婚だ。その代わり義務をしっかり果たしてくれれば、うるさいことは言わない。……どうだろうか」

啞然《あぜん》とする使用人を尻目に、トレヴァー男爵は平然とそんな言葉を吐く。

凍りついた空気の中、ミラベルは静かに頷いた。

「願ってもないお話です。しかし……私は無能です。本当に、よろしいのでしょうか」

――『無能』。ミラベルは、魔術の素質を一切持たなかった。

貴族というものは、本来魔術を使えるものだ。彼女の存在は、貴族社会において間違いなく異端だった。

それゆえに彼女は生家でも疎んじられ、蔑まれてきたのだ。

「それについては聞き及んでいるが、心配ない。まぁ子供まで無能だった場合は側室も考えるが……、そこだけはあらかじめ覚悟しておいてくれ」

「当然のことと思います。構いません」

一通りの説明を終え、トレヴァー男爵は言葉を切る。

二人の間に、沈黙が訪れた。

頃合いを見計らって、ミラベルは言葉を切り出す。

「一つだけ、よろしいでしょうか」

「ああ、確認事項があるなら何なりと」

「その……今回の婚姻は、我がバーネット家との橋渡しの意味合いもあるものと存じますが……父は理知的な方で、親子の情よりも職務を優先するかと思います。あまり私はお役には立てないかと……」

「それこそ杞憂《きゆう》だ。別にこの婚姻で侯爵家の優遇を受けようと思っているわけではない」

淡々とそう返してから、トレヴァー男爵はまっすぐにミラベルを見据えた。

「君の父上は、随分と厳しい人のようだと聞いている」

「……！」

それが実家での暴力を含めた冷遇のことを指していると察したミラベルは一瞬息を呑んだが、すぐに微笑《ほほえ》みを浮かべた。

「父の態度は、当然ですわ」

「当然？」

「ええ。貴族が貴族である所以《ゆえん》は、魔術を使って国家の安定に貢献をするからこそ。……無能である私が、何の役にも立たないのに領民の血税を使って贅沢をするなんて許されませんもの。厳しい態度はありましたが、この国の有り様を保つためには仕方ありません」

「……そうか」

どうやらトレヴァー男爵は無口な方らしい。

ミラベルの言葉を驚いたように言葉少なに受け止めると、またしてもしばらく黙り込んでしまう。

そして、ぽつりと呟いた。

「君は、立派な教育を受けたようだな」

「六歳までであれば、そうですね。侯爵家の長女として、一通りは」

水見の儀で無能と判定されてからは、その教育も止められてしまった。

ふむ、とトレヴァー男爵は顎を撫でて考える。少し目を細めて思考にふけるだけで、怜悧《れいり》な彼の表情は一層近寄りがたさを際立たせた。

「淑女教育も必要だな。家庭教師を付けよう。結婚式で、外面だけでもそれなりに振る舞えるように」

「ありがとうございます、トレヴァー様」

「ああ。それから、一応は婚約者という間柄だ。僕のことはイリアスと呼んでくれ」

話を切り上げるように、トレヴァー男爵……改めイリアスは椅子から立ち上がる。

執事のクロードが慌てて声を掛けた。

「旦那様、お食事はどうされますか」

「今日も要らん。僕は自室へ引き上げる。……ああそうだ、」

振り返った男爵の、感情の薄い菫色の瞳がミラベルと合う。

「君も、わざわざ僕を待つ必要はない。明日から一人で食べ始めていてくれ」

突き放すようなその言葉を最後に、イリアスは踵《きびす》を返してその場を後にした。

バタン、と扉が閉まった。

足音が遠ざかっていくのを確認し、思わず肩で大きな息を吐いた。

トレヴァー男爵……いや、イリアス様は、かなり合理的な方のようだ。

テキパキとどんどん話を進めていってしまうため、それに合わせるのに随分と気を使った。

対話が無事に終わったことで、安堵の溜め息が出てしまうのも無理はない。

それでも……周囲の人間がどう受け止めたかはわからないが、彼が提示した話はミラベルにとって随分と魅力的なものだった。

——互いに割り切った関係で成立する、契約結婚。

元より幸せな結婚など諦めていたミラベルにとっては、むしろ願ってもない話だ。

彼のことは冷血な人間と聞いていたが、実際に言葉を交わしてみるにドライで効率的、と評した方が近いように思える。

「ミラベル様……食事の準備を始めさせていただいてもよろしいでしょうか」

閉ざされた扉を前に想いを巡らせていたミラベルに、恐る恐るクロードが声を掛けた。

「はい、お願いします」

主人が不在の中、淡々と夕飯の支度がととのえられていく。

無駄なく準備を進めながら、ちらりとクロードが気遣わしげにミラベルの表情を見た。

「どうぞ、あまり気落ちなさらず。旦那様はどうも女性に対して気を配るのが苦手のようでして……」

「いえ、大丈夫です。イリアス様がおっしゃっていることもご尤《もっと》もですので」

笑顔でそう答えてから、ふと気になっていることを尋ねてみる。

「その、彼は普段、あまり夕飯を召し上がらないので……？」

クロードが困ったように首を振った。

「仕事が立て込んでお帰りが遅くなる際は、大体そうですね。深夜になると食欲がなくなってしまうそうでして……朝ご飯はしっかりと召し上がっているのですが、この分だとお仕事中のお昼はどうされているのか心配でなりません。近頃、随分とお痩せになりましたし」

「それは心配ですねぇ……」

確かに顔色も悪かった、と思いながら相槌《あいづち》を打つ。

――割り切った関係とは言われたが、それでも夫となる相手のことは心配になる。何か自分にできることはないだろうか。

そんなことを考えながら、ミラベルは静かに食事を口にしていた。

●第三章

食事が終わると、後は自室へと引き上げるだけだった。

自室で楽な夜着に着替え、ミラベルはくつろいだ姿でごろりと寝台の上で横になる。

「ふぅ……美味《おい》しかった……」

記憶を振り返ってみても、無能と判定されてからミラベルはお腹がいっぱいになるまでご飯を口にした覚えが全くない。普段から与えられる食事は残飯ばかりでまともなものがなかったし、それすら取り上げられることが多かった。

こうして温かなご飯を思う存分口にすることができるというのは、それだけで最上の幸福といっても過言ではない。しかし、ここにきて初めて知ったことだが、どうやら自分は随分と食が細かったようだ。美食の数々が供されている中で、ミラベルの胃袋はあっという間に限界を迎えてしまった。

それでも残すことはしたくないと必死に口に詰め込んだのだが……途中で様子がおかしいと見咎められてしまった結果、皿の上には料理が残ったままの状態で席を立たざるを得なくなってしまった。料理人には申し訳ないことをしたと、ミラベルは自分の所業を振り返って申し訳なさに身を小さくする。

それでも身体の方は本当に限界だったらしい。

はち切れそうなお腹を抱えて目を閉じれば、あっという間に睡魔が押し寄せてきた。

抵抗する気力もない。

今日一日の緊張も相まって、ミラベルは即座に夢の中へと引き摺《ず》り込まれていく。

今まで感じたことのない明日への期待に、その唇は確かにほころんでいた……。


――同時刻。

イリアスの執務室には、二人の人物が彼を訪ねていた。

クロードとマーサである。

示し合わせたわけでもないのに、それぞれの仕事を終えた二人は主人への報告のため、揃《そろ》って執務室へと足を向けていたのだ。

「失礼します、旦那様。ミラベル様のことで、お話があるのですが……」

お互いに視線を交わした後、クロードが代表して口を開く。

「話を聞こう」

「察するに、ご実家ではあまり良い扱いを受けていなかったものと思われます。ここへ来られる際の荷物は一切なく、お召し物も使用人が着るようなものを身につけていらっしゃいました」

マーサが、続きを引き取る。

「日常的な暴力にも晒されていたようです。入浴のお手伝いをしましたが、身体のあちこちに様々な傷跡が残されていました。新しいものから、古いものまで……。栄養状態も悪く、身体の成長が十分にできていないようです。また、折れた骨をそのままにしておいたのか、肋骨《ろっこつ》が歪んでいる箇所もありました」

「……そうか。それで？」

痛ましそうな表情で報告する使用人とは異なり、平然とイリアスは続きを促す。

仮にも婚約者だというのに彼女を心配することのない主人の態度に、クロードは一瞬言葉を詰まらせる。

「そ、そうですね……体力が著しく不足しているようですので、体調が良くなるまでしばらくは体力の回復をまず一番に考えていきたいと思っております。淑女教育のカリキュラムはゆっくりしたものになるかと」

「まぁ結婚式の際はハリボテの妻でも構わない。できる範囲で取り繕《つくろ》えるようにしておけ」

「かしこまりました。それと、ミラベル様のお身体ですが……傷跡や骨の歪みを治すために、一度治癒魔術を施した方がよろしいかと。旦那様のご予定を調整させていただいても、よろしいでしょうか」

「どうして僕が？　医術師を呼べば済む話だろう」

今度こそ執事は、愕然《がくぜん》とした表情を主人に向けた。

その咎めるような視線に苛立《いらだ》ちを覚えて「何か問題でも？」と返すが、優秀な執事はただ首を振るだけだ。

「……いえ。ただ、せっかく旦那様に治癒系統の適性がありますので、魔力を流し込む役目は旦那様にお任せした方がよろしいかと……」

治癒魔術は、患者に自身の魔力を与えることで発現する。

魔力というのは、その人を構成する重要な要素だ。それゆえに他者の魔力を注ぐという行為は、特別なものとして受け止められることが多い。

そのため、治療の一環であろうと夫以外の魔力を受け入れるのは不貞も同然、という考え方が貴族の中では罷り通っているのだが……。

くだらない、とイリアスは切り捨てる。

「そもそも僕は治癒魔術はあまり得意じゃない。……疲れるんだ。僕は気にしないから、そちらで適当な医術師を見繕っておいてくれ。……話は、それだけか？」

冷淡にそう返せば、優秀な使用人たちは主人の意を汲んで静かに下がろうとする。

——そこでふと一言、イリアスの口をついて出たのはただの気まぐれに過ぎなかった。

「彼女のことを……どう、思った？」

クロードが柔《やわ》らかく笑む。その一言を、彼なりの歩み寄りと受け取ったらしい。

「そうですね……善良な、良いお嬢さんだと思いますよ。旦那様も頑《かたく》なにならず、接せられた方がよろしいかと」

「ええ、きっとあの方は磨けば光る御仁ですよ？　これからの成長が楽しみです」

マーサがクロードの言葉を引き取って、にっこりと頷く。

——少なくとも彼女は、屋敷の使用人の気持ちを勝ち取ることには成功しているようだ。

イリアスはそっと息をつく。

「そうか。屋敷のことは引き続きお前たちに任せる。また何かあれば、報告を頼んだ」

使用人が下がる。

一人きりとなった書斎で、イリアスはぐったりと背もたれに身体を預けた。

最近は仕事が立て込んでいて、ゆっくり休む時間もない。仕事以外のことで、心を煩わせることは避けたかった。

婚約者のことは二人に一任しておけば大丈夫だろう、と眉間の皺をほぐす。

(妙な女だったな)

ミラベルのことを思い返して、彼は軽く嘆息した。子供のようにちっぽけでガリガリに痩せ細った、昏い目をした彼女。

彼がミラベルに求婚したのは、打算でしかない。

婚約者ができれば親戚の鬱陶しいお見合い攻撃もなくなるだろうし、その分の時間を仕事に充てられる。瑕疵があるとはいえ、相手は侯爵家の血筋だ。周囲を納得させるには十分な条件である。そして……これは人の好《よ》い使用人たちには言えないが……周囲から軽んじられてきた令嬢であれば、我《わ》が儘《まま》も言わず御し易《やす》いお飾りとなってくれるだろうという胸算用があった。

(そういう意味では……彼女は予想通りの人間ではある)

自分に自信がなく、他人の顔色を窺いがちなオドオドとした性格。

それは、彼女の境遇を考えれば当然の姿とも言えた。

——意外だったのは。

(思っていたよりも、彼女は頭が良い)

契約結婚を口にした時、彼はミラベルが失望するか怒りを抱くものだとばかり思っていた。そうなっても仕方ないと思うような不誠実な提案をしているのだという自覚はあった。

しかし実際のところ彼女はその言葉に眉一つ動かさず、ごく自然な提案として頷いたのだ。まるで、彼の言葉を予想していたかのように。

さらに自身の置かれていた境遇についても、しっかりとした考えを持っていた。

驚くべきことに、彼女が冷遇される環境を甘受していたのは、ただの諦めではなかった。貴族という立場を俯瞰《ふかん》的に捉え、あるべき姿と善悪を冷静に判断していたのだから。

自分を悲劇のヒロインと捉えて酔いしれるでもなく、心を壊して人形になるでもなく。

彼女は周囲を見ながら、冷静に今まで立ち回ってきたのだ。

そして、今もなお。

彼女は侯爵家の長女として、生家が悪く言われることのないよう言葉の選択にも慎重を期していた。

(『父は理知的な方で、親子の情よりも職務を優先する』、ねぇ……虐待に遭っていた娘にしては随分と配慮の行き届いた表現だ)

そういった言葉の一つ一つからも、彼女が頭の回る女性だということを感じさせられる。

そうして考えると、流行とオシャレのことしか関心のないカラッポの令嬢を娶《めと》るよりも、よっぽど良い結婚ができそうだ。私生活のことに煩わされずに、仕事に打ち込むことができるだろう。

そんな結論にたどり着いたイリアス。結局彼は結婚相手《ミラベル》のことを、「適切な仕事をしてくれるか」という観点でしか見ていない。

――伴侶が自分の今後の生き方に影響を及ぼすことなど、予想だにしていなかった。

「この書類に、サインをしておくように」

珍しくイリアスからそう話を切り出されたのは、それから十日ほど経ってのことであった。

契約上の結婚とはいえ、婚約者として毎日定期的に顔を合わせることはしておきたい——それは、ミラベルの偽らざる想いだった。

当初は必要ないと、その提案をイリアスはにべもなく切り捨てていた。しかし、ミラベルの懇願とクロードたち使用人の口添えもあって、彼女の要求は渋々ながらも受け入れられた。そうして今では、朝に彼が仕事に出る際の見送りと深夜に彼が仕事から帰ってきたときの出迎えのタイミングが、二人の交流の時間となっている。

今回はその、仕事終わりの彼を迎えたところでの発言であった。

突き出された書類を受け取ることも忘れて、ミラベルは思わず目を瞬《しばた》かせた。

久々に掛けられた言葉のその声には、もはや懐かしさすら覚えてしまう。「二人の交流の時間」といったものの、実際には顔を合わせたところで、イリアスがミラベルと言葉を交わすことはほとんどなかったのだ。

最初は無視をされているのかと思ったが、そうではないことはすぐに知れた。……彼にはもう、他人に意識を割く心の余裕がまったくなかったのだ。

朝から疲れ切った顔で出ていき、深夜には死にそうなほど疲弊して帰ってくる。おそらく休日を返上して仕事に出ているのだろう。ここで暮らし始めてから、ミラベルはいまだに彼が仕事を休む姿を見たことがない。

そこまで己を犠牲にするなんておいたわしいこと、と遠い目で嘆息してから、書類を突き出したまま微動だにしないイリアスにようやく意識が戻った。

「あ……、失礼しました」

慌てて書類を受け取る。しばしの間待たせてしまったことに気を悪くしてはいないかとそっと窺ったが、彼の顔に浮かんでいるのは少し訝《いぶか》しげな表情だけ。それにほっとしながら、ミラベルは手元の書面に目を落とした。

「……婚約届、ですか」

「ああ。正式な承認が得られた。後は君のサインをもらって教会に提出するだけの状態にしてある」

貴族の婚姻には、婚約の段階から国王の承認が必要とされている。これは特定の家に過剰に財が偏らないようにするための牽制《けんせい》や、貴族間の繋がりを王家が把握しておくための手段としての意味合いが強い。

滅多なことでは却下されないと聞いてはいたが、それでも無事に承認が下りたと聞いてミラベルはそっと安堵の息を洩らした。……これで、正式にバーネット家から出ることが認められたのだ。

国王のサインがされた婚約届の紙は、それだけで高級感が伝わってくる重厚なものだ。その美しい紙に施された王家の紋章の繊細な透かし模様に感嘆しながら、ミラベルは素早く記載された文言に目を走らせる。……内容に問題はなさそうだ。

「わかりました、サインを済ませておきます」

「あ、それとこれを」

次いで渡された、武骨な革袋。何気なく受け取って、ミラベルはその重さに目を瞠《みは》った。

「これは……？」

「婚約記念品だ。持っていくと良い」

「婚約、記念品……？」

思いもよらない単語を聞いて、驚きと喜びのないまぜになった感情に翻弄されながらミラベルは革袋を開く。

……しかし。

そこで目に入った思いがけない中身に、彼女は思わず言葉を失って固まってしまった。

——袋の中にあったのは、記念品というのにはあまりに生々しい金貨。

「旦那様、コレは……」

隣で見ていたクロードも、これにはつい口を挟む。それに、イリアスは平然と答えた。

「正確に言えば婚約記念品を買うための、カネだ。……これだけあれば、十分か？」

「旦那様、いくらなんでもこれは……気遣いがなさ過ぎます！」

何も言わないミラベルの代わりに、クロードが悲鳴のような声を上げる。

「気遣いがない？　むしろ気遣った結果なんだが……婚約の際の記念品というのは、女性にとって非常に大事なモノだと聞いた。だが、僕は女性に贈り物をしたこともなければ、センスに自信があるわけでもない。彼女の好みも知らない。それなら見合うだけの金額を渡して本人に選んでもらった方が、よっぽど満足いくモノが手に入るだろう。……合理的なアイデアなのに、何が不満なんだ？」

「記念品というのは、そういうものでは……」

かぶりを振りながら呻《うめ》くようにクロードが言うが、イリアスは不思議そうな顔をするばかり。その考えの何が問題なのかと、口にせずとも表情で伝えてくる。

「……ふふっ」

「ミラベル様……？」

そんな二人のやり取りを横で聞いていたミラベルは、気づけば軽い笑い声を洩らしていた。毒気が抜けたように、クロードがそんな彼女を振り返る。

「イリアス様、ありがとうございます。お心遣いをいただいて、本当に嬉しいです」

ふわりと笑みを浮かべて、礼を述べるミラベル。その姿に、不満の色はない。

「……ああ」

言葉少なに、イリアスは当然だという顔で頷く。

そんな彼を前に、でも、とミラベルは言葉を続けた。

「そのお心だけで、十分です。お金はお返ししますわ」

中の金額を確かめることもなく、ミラベルはそのまま袋を返す。なんの躊躇いもない、あっさりとした行動だった。

「……気に入らなかったのか」

自身の提案が蔑ろにされたと感じたイリアスは柳眉をひそめるが、ミラベルは一瞬怯《ひる》んだものの曇りない笑顔で首を振る。

「いいえ、とんでもありません。むしろ気に入ったからこそお金はお返しするのです」

「意味が分からない」

不愉快そうに顔を顰《しか》めるイリアスに、ミラベルはえぇと……と、言葉を探すように首を傾げた。

「そうですね……おそらく記念品というのは、モノそのものというよりもそこに付随する思い出が重要なのです。——相手のことを想って、一生懸命に選んだモノ。そんなプレゼントをいただければ、嬉しく思わないわけがありません。そういう意味で、イリアス様のその、『女性にとって記念品は大事なモノだから』というお気遣い、そしてそのために最善だと思われた手段をお考えくださったこと。そのことが、ただそれだけで嬉しいのです。……それはもう、その思い出だけで、モノなんて必要ないと思うほど」

「理解できない。なんて不合理が過ぎる考え方なんだ」

呆《あき》れたように吐き捨てるイリアス。己の理解を超えた反応を前にして、気づけば彼の眉間には深い断層が刻まれていた。

「ええ。不合理な生き物なのです、……乙女《おとめ》というものは」

そんな冷たい反応を向けられてもなお、ミラベルは気を悪くした様子も見せずに微笑みを保ちながら言葉を続ける。

「けれどもし、この先……——イリアス様が何かの拍子に私のことを想って、何かを贈りたいと考えてくださったなら。それはそれで、きっと大層素敵なことでしょう。……えぇ。そんな未来が訪れたときにそれが『初めてのプレゼント』となるように、私は楽しみをこの先にとっておきたいのです」

くだらない夢想を語られて、イリアスの菫色の瞳がすぅっと細められた。

「冷たいことを伝えるようだが、そんな日は来ないだろう」

一刀両断に切り捨てるその声に、感情はない。

「それでも、良いのです」

幸せそうな、その答え。迷いのないまっすぐな笑みを前に、イリアスはそれ以上の言葉を失った。

理解できない、ともう一度呻くように口にしてから、イリアスは会話を放棄してその場を立ち去ろうと背を向ける。

「ありがとうございました、イリアス様。いただいたお気持ちは本当に嬉しかったです。……イリアス様が考えるよりも、ずっと……ずぅっと」

追うように掛けられた声に、イリアスは返す言葉が見つからない。

「……そうか」

ぽつりと一言返すと、イリアスは振り返らずにそのまま早足で自室へと向かった。余裕のない足取りであることに自覚はあったが、追い立てられるようなその歩みは自室に入るまで止まらない。

「なんなんだ、一体……」

そうして自室で一人になってから、ようやくイリアスは脱力したように困惑の呟きを吐き出した。

——自分は、間違っていなかったはずだ。自分たちの関係が、これ以上発展する余地はないのだから。そんな中で、自分はできる限りの配慮をした。これが一番……合理的な提案だったはずだ。

──それなのに、どうして。

その想いを打ち払うように勢いよく首を振ったが、己の思考は止まない。

彼女のその言葉に、その夢に。自分の心の一番柔らかいところに爪を立てられたような疼痛を覚えるのは、何故だろう。


──それが初めて芽生えた彼女への興味だということに、そのときのイリアスはまだ、気づいていなかった。

○　○　○　○　○　○　○

翌日。

「──で、そん時のリズがすごく可愛くてさぁ……」

「リズってこの前決まった婚約者だっけ？　あんときはお見合いなんてうんざりだなんてブツブツ言ってたくせに、ずいぶん仲良くなったんだな、お前」

「いやいや、政略結婚から始まる愛もあるんだって気づいたんだよ、俺は！　だって彼女さ……」

イリアスが職場の扉を開ける。その途端、それまで楽しげな喧噪《けんそう》であふれていた室内は一転して水を打ったように静まり返った。

「……おはよう、諸君」

「っ！　おはようございます、室長……！」

慌てたように口々に挨拶を述べ、部下たちは蜘蛛《くも》の子を散らすように自席へと戻る。

そんな彼らに若干の気まずさを覚えながらも、イリアスは表情を変えることなく詰所の奥にある執務室へと足早に向かう。……重苦しい沈黙と背中に突き刺さる部下たちの視線には、気づかないふりをするしかなかった。

机の上の書類を取り上げながら、乱暴に椅子に腰掛ける。思わず苦い溜め息が出た。

自分と部下との間に深い溝ができてしまっていることには、自覚があった。何とかしなければと思ってはいるのだが……具体的な手立てを思いつくことはなく、この関係は改善されないままここまで来てしまっている。

——もともとイリアスは、持ち前の才覚一本でここまで出世を果たしてきた男だ。爵位もそこまで高くなく有力な貴族におもねることもないイリアスには、当然ながら敵も多かった。

彼をやっかみ足を引っ張ろうとする者たち。そんな奴らに付け入られないようにイリアスができたのは、ただひたすら弛《たゆ》まぬ研鑽《けんさん》を積み、確かな結果を出すことであった。そうして周囲の批判を躱しつづけることしか、彼にはできなかったのだ。

……そんな態度が、『魔術の発展のために手段を択《えら》ばない男』という噂を後押しすることになるとも知らずに。

噂を耳にしたことのある周囲の人間は、どうしてもイリアスと距離をとってしまう。そして仕事の鬼とも言える彼の働きぶりを目にすることで、あの噂はやはり本当だったのだと頷いてしまうこととなっていた。部下たちも、大半はその話を信じていることだろう。

さらに悪いことに、イリアスは雑談が不得手であった。周囲と交流することを避け、積極的に噂を否定することもなく己の仕事である魔術の研究に没頭するイリアス。実際のところは人付き合いが苦手なだけなのだが、その姿勢がまた周囲を遠ざけることとなる。仕事ぶりは認められても、不名誉な評判は広がるばかりであった。部下たちとの距離も、縮まるはずがない。

——当然、そんな状態では彼と話をしようとする人間もほとんど存在しないのだが……。

「よぅ、イリアス。とうとう婚約者が決まったんだって？」

執務室の扉が乱暴に開いたかと思うと、からかうような笑いを含んだ声がイリアスの頭上から降ってきた。別名「鬼室長」と呼ばれている彼に向けられたものとは思えないほど軽薄なその声。

無視できぬ声の主に軽い溜め息をつきながら、イリアスは書類から目を上げた。

「……師団長。承認が下りたのはつい昨日のことなのに、耳が早いですね」

「可愛い部下の動向は、しっかりと把握しておかないとなぁ？　……水臭いじゃないか、俺に何の相談もなしに」

そう言って、男はニィッと朗らかに笑う。乱雑に伸びた黒い髪の下から明るい緑色の瞳が煌めき、鍛えられた太い腕がイリアスの肩を遠慮なく叩いた。

――野生的で、一見粗野に見えるこの男。しかし彼こそが現国王の腹違いの弟であり、魔術師団を取りまとめる師団長を務める男、ヴィンセントであった。

国王の覚えもめでたく、実力もあるヴィンセント師団長。

そろそろ一介の師団長から国の中枢を担う立場に取り立てられるのではないか、というのが目下の評判であり……、その噂の余波としてイリアスも次期魔術師団長と目されているのである。

彼の下につけたことは、間違いなくイリアスにとって幸運なことであった。噂に惑わされることなく率直にイリアスの能力を評価し、ここまで引き立ててくれたのが、他ならぬこのヴィンセントなのだから。そしてさらに言えば、この職場で気負わずにイリアスに話しかけてくる唯一といっても良い存在もまた、この男であった。

因《ちな》みにヴィンセントは野生的で軽薄な印象とは裏腹に、愛妻家で仕事よりも家族優先であることを公言して憚《はばか》らない、家族愛に溢《あふ》れた……言い換えれば暑苦しい人物でもある。イリアスとの会話も彼なりのお節介だとは理解していたが……イリアスにとっては有難迷惑であることも否めなかった。

「どうだ、婚約者と一つ屋根の下で暮らす生活は？　普段しかめ面ばかりのお前も、日常が華やぐことだろう！」

愛妻家である彼は、イリアスの今の状況を幸福の絶頂であると信じきっている。

「……そうですね」

早く仕事に戻りたいイリアスは、敢えてそこを否定する必要もないため、適当に頷いておいた。

しかし、早く仕事に戻らせてくれという彼の内心の叫びはヴィンセントには全く届かない。

机上に積み上がる書類を押し除《の》けスペースを作ると、彼はイリアスの仕事机にどっかりと腰を下ろす。

「しっかし、バーネット侯爵家ねぇ……昔は爵位格下げなんて話もあったのに、あそこも随分持ち直したもんだ」

「へぇ、そんなことが？」

これは気が済むまで相手をしないと話が終わらないな、と気がついたイリアスは書類を脇に置いた。

「そうか、お前くらいの年代になるともう知らないのか」

意外そうに目を丸くしたヴィンセントは、書類を手で弄びながら言葉を続ける。

「あそこは代を追うごとに貢献魔力量が縮小していてなぁ……侯爵家相応の貢献量が負担になっているのなら爵位格下げをしてはどうだ、という話も出てたんだ。ところが、そんな中で現当主であるエセルバート侯爵が魔力量の底上げに成功してな。それで格下げの話も立ち消えになったんだが……」

「魔力量の底上げ、ですか……」

本来、個人の保有する魔力の量というのは生まれ持ったもので、そうそう変わることはない。正確に言えば事例としては存在するのだが、そうなった原因が解明されていないのだ。

魔術の研究を司る身としては、一体どんな手段を用いたのか気になるところではある。

「ところがその後、期待していた最初の娘は無能だっただろう？　当時口さがない連中は、娘の魔力を取り込んだんじゃないか、とまで言ったもんだよ。奴が魔力量を増やしたのも、ちょうど侯爵の嫁さんがその娘を身籠《みご》もってた時期だしな」

ま、本当にそんな方法があるなら教えてほしいもんだがね、とヴィンセントは締め括った。

少しでも魔術に携わる者であれば、他人の魔力を取り込むなどすぐに嘘《うそ》だとわかる与太話だ。それなのにそんな噂が囁かれたのは、二つの事実が重なったタイミングの悪さゆえか。

そこまで話すと、さて、とヴィンセントは勢いよく立ち上がった。

その手にあるのは、先ほどまでイリアスが取り組んでいた企画資料である。

「封印魔術の回路効率化か……これで、どの程度魔力消費が減る？」

「まだ、コンマ三パーセントってところですね……コンマ五くらいまでは見通しが立っているんですが」

「コンマ五パーセントかぁ……」

厳しいな、とつまらなさそうに書類をヒラヒラさせるヴィンセント。その顔は、いつの間にか雑談に興じるオッサンから有能な上司のものへと転じている。

「『稀代《きたい》の天才魔術師』の頭脳をもってしても、効率化できるのはその程度か……」

「現状を打破できる何かがないと……厳しいですねぇ……」

首を振って、現状を率直に報告する。

重苦しい沈黙を、二人の溜め息が埋めた。

——貴族には、国のために魔力を提供しなければならない義務がある。

貴族の魔力を必要とする国家魔術は三つ。

他国の侵略から国を守る防衛魔術。

実りある豊かな土地を作る繁栄魔術。

そして……、災厄の眠りを保つ封印魔術。

城の地下には災厄の竜が眠っている……、というこの国の伝説を、お伽噺《とぎばなし》だと笑う貴族は一人も居ない。

何故なら、地下には実際に竜が封じられているからだ。貴族なら、実際にその封じられた姿を目にしたことがある者も多い。

国王の祖先である勇者が封印したとされている、災厄の竜。

この国の安寧のためにはこの災厄の復活を防ぐことが必要不可欠であり、今でも貴族の第一の責務とされている。

三大国家魔術の中でも、封印魔術は何よりも優先されるもの。これが破られることがあったら、この国は滅亡してしまうからだ。

……とはいうものの、封印魔術はあくまで国の保全機能でしかない。魔力消費が大きい割に、得られる効果はただの現状維持である。

そしてどういう訳か、貴族の魔力保有量は建国時代から時を経るごとに徐々に衰退してきている。

このままでは、封印魔術のための魔力消費がどんどん負担になっていくのは自明のことであった。

この状況を打破すべく、イリアスはその封印魔術の改良に取り組んでいるのだが……、進捗はあまり芳しいものではなかった。

「どうせだったら、定期的な魔力供給が必要なくなるくらいの強固な封印魔術をガツンと一発、編み出してもらえれば一番良いんだが……」

「無茶言わないでくださいよ、師団長。始祖の時代の強力な魔術師たちでさえ、この封印でやっとだったんですから……」

上司のあまりの無茶振りに、イリアスは苦笑いで応える。

古代より伝わる封印術式は、その構造の大半が長らく謎に包まれていた。

それを読み解くという前人未到の偉業を成し遂げたのが、何を隠そう、このイリアスである。『稀代の天才魔術師』というヴィンセントによる呼称は、決して大袈裟《おおげさ》ではないのだ。

その彼の功績により、やっと術式の改良という段階まで来たのだ。ヴィンセントの言う要求がどれだけ無茶苦茶かは推して知るべしだろう。

思わず眉を寄せたイリアス。その反応を見たヴィンセントは、悪びれずに丸めた書類でその眉間を突いた。

「まっ、大したもんだよお前さんは……。効率化の方も期待してるぞ？」

「そうですね……この構造は当時の膨大な魔力量にモノを言わせたカタチですから、効率化の余地はまだあると思います」

「たとえばだが、ここをこうした場合だと――」

たっぷり一時間は討論を続けた後、ヴィンセントは「じゃ、よろしく頼むよ」とその場を去っていった。

ほぅ、とイリアスは息を吐く。

一見チャランポランには見えるものの、やはりあの上司は有能だ。今の話で、新しいアイディアを思いついた。

……さっそく、試してみなければ。

――今夜も、遅くまで家には帰れなさそうだった。


イリアスの日々は、そうして過ぎていく。

予想した通り、婚約者がいるからといって何か変化が起きるわけではない。

仕事は相変わらず忙しく、帰宅する時間は遅い。ミラベルと交わす会話も、二言三言で終わる日が多かった。

そうして一ヶ月ほど過ぎたところで。

イリアスは不思議なことに気がついた。最近何故か、特に何がという訳でもなく、調子が良いのだ。

慢性的に悩まされていた肩こりや頭痛が和らぎ、身体が少し軽くなった気がする。

何故だろう、と何気なく呟いたところで、クロードに呆れた目を向けられた。

「ミラベル様のおかげですよ」

　今頃気づかれましたか、と溜め息混じりに告げられる。

「書斎にアロマが置かれているのに、気づかれていますか？」

「そういえば最近、懐かしい香りがしているな。あれは、ラベンダー……だったか」

　亡き母が好きだった香りだ。あの柔らかな香りは、泣きたくなるような切なさとともに不思議な安心感を与えてくれる。

「ええ。疲れがちな旦那様を気遣って、ミラベル様が提案してくださったのです。この香りは……奥様を思い出しますね」

　トレヴァー家に長く仕えた執事は、主人と同じ感想を抱く。その言葉に、イリアスの口元がふと緩んだ。

「母の思い出のラベンダーに、安眠の効果があったとはね。……もしかして、このハーブティーも彼女が？」

　最近、夜寝る前に出されるお茶がコーヒーではなくハーブティーに変わっていた。不思議には思ったものの、味は悪くなかったのでそのまま飲んでいたのだが……。

「ええ。そして、そのお茶を淹《い》れておられるのもミラベル様です」

　口止めされていたので、旦那様が気づくまでは伝えられませんでしたが、とクロードは続ける。

　実際のところイリアスはアロマにもハーブティーにも気づいていた訳ではなかったが、そこはいつまでも鈍い主人を見かねてクロードがフォローしたことになる。

「そうか。……彼女は、お茶を淹れるのが上手いんだな」

「旦那様が喜んでいたと伝えておきましょう。差し出がましい真似《まね》と思われるのではないかと心配されてましたから」

「人の好意を踏みにじるような男だと思われていたとは……、流石《さすが》に心外だな」

「旦那様の印象というよりは、ご自身の自信のなさの表れですかね。淑女教育も順調に進んでおりますが、自分自身への評価というのはなかなか変わらないもので……」

ああそうだ、と思い出したようにクロードが沈んだ話を切り替える。

「もしご迷惑でなければ、次は夜食を一緒にとれないかと、ミラベル様がおっしゃっていました。疲れた身体に合うものを用意するからと」

「……何時に帰れるかわからんぞ」

「それでも構わないそうです」

妙な女だな、とイリアスはつぶやいた。

相手の機嫌を損ねることを恐れるのなら、そんなお節介を焼かなければ良いのだ。誰も彼女にそんなことは求めていないし、それをしなかったところで怒られることもない。

「……まあ、準備をするだけなら好きにすると良い。食べられるかどうかは、別だが」

畏まりました、とクロードがその場を下がる。

扉が閉まる風で、ふわりとラベンダーの香りが鼻腔をくすぐった。柔らかな眠気が自分を包み込むのを感じる。

そういえば確かに最近は眠れない夜が減ったな、とイリアスはふと思い至った。満足な睡眠がとれるだけで、ここまで体調が良くなるのか。

――明日の夜食に、彼女は何を用意するのだろうか。

取り止めのないことを考える。

……いつしか芽生えたミラベルへの興味。それは、イリアスが気づかないままに静かに増していった……。

一方のミラベルは、今までとはガラリと変わった日々を過ごしていた。誰に怯《おび》える必要もなく、穏やかに過ぎていく毎日。最近では自然と笑顔が浮かぶことすら、珍しいことではない。

特にマーサが身支度をととのえてくれる朝と夜の時間は気が置けないおしゃべりに興じられるため、彼女の毎日の楽しみとなっていた。

「ミラベル様の髪、本当に美しい！　まるで、太陽が輝いているみたいですね」

長い髪を梳《す》きながら、マーサは感嘆の溜め息をついた。ミラベルの髪を触るその手つきはどこまでも優しく、そして細やかだ。

「そうかしら？　色も艶もすっかりなくなってしまったと思っていたのだけど……」

思いもよらぬ誉《ほ》め言葉に少し身を縮めながらも、ミラベルは鏡を見る。そう指摘されて初めて、ミラベルは己の変貌ぶりに気がついた。

栄養状態が良くなったうえにマーサが毎日献身的な手入れをしていたため、ミラベルの髪はいつの間にか眩《まばゆ》いばかりの輝きを取り戻していた。

頬にもいつの間にか赤みが差し、ふっくらと柔らかな感触になってきている。

頭蓋骨がそのまま浮き出ているような陰影の痩せこけた顔は、いつからこんなに健康的な姿になっていたのだろう。

「髪が傷むから、今までは軽く結う程度にとどめておきましたが……これからは色んな髪型が試せますね。——ああ、この素敵な髪に合う髪型をセットする日を、どれほど楽しみにしていたことでしょう！　細かい編み込みを入れて冠のように飾るのも良いですし、軽く巻いてシンプルにシニヨンを作って髪飾りを映えさせても良いですし、サイドを三つ編みにして編み下ろすスタイルもきっと似合います！　それから、それから……」

マーサのとめどないアイデアに圧倒されながらも、ミラベルは微笑みを浮かべて彼女の好きなようにさせる。最初のころにあった緊張や警戒は、少なくともマーサに対しては完全になくなっていた。使用人という立場ではあるものの、彼女にとってマーサは良き友人であり、姉のような存在だ。

彼女の屋敷での生活は、満ち足りたものだった。

ここでは理不尽な暴力に晒されることはなく、彼女の尊厳を踏みにじる者もいない。厳しいが温かな指導により、淑女教育も順調に進んでいる。

最初のうちは何をするにも怯えがちで使用人にすら卑屈なほど頭を下げていた彼女だったが、少しずつ令嬢らしい振る舞いが戻ってきている。

「それでは、今日の歴史の授業はここまでとします」

「先生、少しよろしいですか。今回習ったこの時代の税制度についてなのですが、この場合ですと……」

「ああ、鋭い着眼点ですね。ご指摘の通り、この当時の税制度にはその点に脆弱性《ぜいじゃくせい》がありました。

そのために制度の裏を突くような不正が横行し……」

教養として求められる歴史や語学、マナー。

それらについて、クロードの手配した家庭教師は多くの知識を与えてくれた。毎日三時間程度とそれほど長い時間ではなかったが、与えられた機会を最大限活用しようと、ミラベルは前のめりで貪欲に知識を吸収していく。

もともと勉強自体は好きだったのだ。知識を得るにしたがって世界の解像度が上がっていく喜びに、ミラベルは夢中になる。

通り一遍の教育ではなく、真に知識を得ようとする積極的なミラベルの姿勢に、家庭教師も感化されたらしい。既定の時間を過ぎてもミラベルの質問に答え、彼女の知識欲をどんどん満たしてくれる。

——いつの間にか、勉強の時間が終わった後も一時間ほど討論の時間をとるのが常となっていった。

家庭教師の訪れる時間以外は、自由時間だ。

ゆっくりと身体を休めてほしいという思いで設けられたこの時間。ミラベルはありがたくその機会を活用してマーサを連れ、屋敷のあちこちを訪れる。少しでも早く屋敷に馴染《なじ》めるように、と各所の使用人と言葉を交わすのが目的だ。

「トマス、先日はラベンダーの収穫をありがとう。また、薬草畑を見せてくれる？」

「おや、ミラベル様。ちょうど今、お花をお持ちしようとしたところで。どうです、この咲き誇るような薔薇の花！　見事なもんでしょう。食堂にでも飾ってくだせえ」

「あら、本当にかぐわしい香り！　お花も、一枚一枚の花弁がビロードのように厚くて立派で、まるで宝石のようね。香りが強いから、食堂よりも玄関に置いたほうが良いかしら。お客様が見えた時、まず一番にこの薔薇の香りで迎えられたらきっと喜ぶわ。薔薇が映えるように、これと……少しこの緑も切ってもらえる？」

「へえ。お安い御用で」

　庭師のトマスが作業に取り掛かるのを見ながら、マーサは満面の笑みを浮かべた。

「ミラベル様が見えてから、お屋敷が明るくおしゃれになったと評判ですよ。あちこちに置かれるお花の組み合わせが、とてもセンスが良くて！」

　これまでも屋敷に花を飾っていないわけではなかった。しかし、ただ「義務として置いている」のと「周囲が華やぐように気遣いながら飾っている」のとでは結果がまるで変わってくる。

　最近は屋敷の雰囲気が良くなったと、使用人の間でも噂されている。ミラベルの細やかな気配りは、少しずつではあるが確かに屋敷の光となってきていた。

「まだまだ勉強中だから、そんなに褒められると困ってしまうわ。この薔薇は、クリスタルガラスの花瓶が良いかしら、それとも白磁の花瓶のほうが映えるかしら……」

　しばらく逡巡《しゅんじゅん》してから、ミラベルは結論を出す。

「玄関なら、昼間に吹き抜けからの陽光を受けるから、クリスタルガラスの花瓶にしましょう。きっと花瓶の反射も含めて、美しい一枚絵のような光景になるわ。……マーサ、花瓶の手配をお願いできる？　トマスも、いつも素敵なお花をありがとう」

「とんでもない。俺ぁ与えられた仕事をしてるだけでさあ」

「いいえ、これだけの立派な花を育てるには相当のこだわりと使命感があるはずよ。誇ってしかるべきだわ」

「へぇ、そう言ってもらえると……」

居心地悪そうにもじもじしながらも、トマスは皺だらけの顔に笑みを浮かべる。

ミラベルが屋敷を訪れた当初は警戒心をあらわにし、自分の仕事の領分を荒らされたくないと不機嫌さを隠そうともしなかったトマス。

しかし、ミラベルが何度も足しげく庭園に通い、彼の話にしっかりと耳を傾けているうちに、その態度は徐々に軟化していった。

――そこには、ミラベルの素直で真摯な態度も理由のひとつとしてあるが、それ以上の理由がある。

「薬草畑、ミラベル様の言うようにしてみたら、随分調子が良くなりやした」

ミラベルを先導しながら、トマスが嬉しそうに報告をした。

「それにしても、薬草ってのは庭の花とは全然違うもんなんですねぇ……まさかこんな石っころで、あの人参もどきが元気になるとは」

「ええ。薬草は植物というよりは、むしろ魔術に属する部類だから。定期的に魔石を敷きこんで、魔力をととのえてあげる必要があるの。マンドラゴラが無事に元気になったようで良かった」

「奥様……イリアス様のお母上がいらっしゃったときは、薬草畑ももっと緑が茂って青々としてたんですがねぇ……力不足で、申し訳ねぇです」

「薬草畑は専門外だもの、トマスが詳しくなくても無理はないわ。むしろ今までの間、枯らさずに畑を維持してくれていただけでも素晴らしいくらいよ」

肩を落とすトマスを、笑って慰める。

そしてスコップを手に取ると、慣れた手つきで先日撒《ま》いた魔石をすくい、取り除き始めた。薬草は必要以上に魔力を供給すると、今度は毒を持ってしまうのだ。

ミラベルが躊躇なく土をいじりだしたのを見て、トマスが慌てて仕事を代わろうと申し出る。それをミラベルは、自分の仕事だから、と笑って首を振った。

——トマスがミラベルを認めた大きなきっかけ。それは、彼女が庭師のトマスを凌《しの》ぐほどの薬草の知識を有していたことにあった。

薬草畑の管理は、貴族の女主人に求められる代表的な仕事のひとつである。有事の際の薬としての備蓄として、また、魔力をととのえるために必要な薬湯の素材として、薬草は重要な役割を担っているからだ。

母親亡き後、生家で薬草畑の管理を担当していたのはミラベルであった。貴族の仕事を任された誇らしさを胸に、母親の残したノートとにらめっこして悪戦苦闘しながらも自分なりのやり方を編み出していったのは懐かしい記憶だ。

父親は仕事を任せたくせに、それに必要なものを買いそろえようとはしなかった。そのため、庭小屋の奥から肥料用の魔石の袋を見つけた時は、どれほど嬉しかったことか。

実のところ、父親がミラベルに薬草畑の管理を命じた理由が貴族の仕事の一端を担わせてやろうという計らいでないことくらい、わかっていた。もともとこれは、レイチェルの仕事になる予定だったのだ。

しかし、彼女が土を触るのも虫を見るのも嫌だと我が儘を言ったために、姉《ミラベル》に押し付ける結果となっただけに過ぎない。……それでも、この仕事を命じられた時は娘だと認めてもらえた気がして、嬉しかった。

そういえばレイチェルのために用意した庭道具は結局一度も触らせてもらえなかったな、とミラベルは苦い記憶を思い出す。キラキラした新品の、細かいところまで装飾が施された美しい庭道具。あれは、今頃どこで埃《ほこり》をかぶっているのだろう。

その当時同情してくれた庭師の少年が貸してくれたスコップも、だれが嗅ぎつけたのか、知らないうちに捨てられてしまっていた。

「道具を使おうだなんて、お姉様ったら生意気！　手を使えば十分でしょう？　どうせ白魚のような手というわけでもないんだし」

あざ笑う妹は、結局そのあと一度も薬草畑を訪れることがなかった。手塩にかけた薬草畑が今どんな状態になっているか、心配ではある。レイチェルに、あそこの管理ができるだろうか。

……とはいえ、二度とあそこに、帰りたくはないのだけれど。

「ミラベル様！　何を……！」

遠くからマーサの悲鳴が聞こえて、ミラベルは手を止めた。立ち上がって振り向けば、薔薇を飾りに行っていたマーサが血相を変えた表情で走ってくる姿が見える。

「マーサ、どうしたの？」

「どうしたのじゃ、ありません！　ああ、こんな直射日光が当たる位置で日傘も差さず、手袋も外して庭作業だなんて……！　お召し物は洗えば良いですけれど、せっかくのお肌が傷んでしまいます！」

悲鳴の混じる、マーサの糾弾。

「でも、薬草畑の管理が……」

「指示を出していただければ、庭師がその通りにいたします！　ミラベル様がお手を汚す必要はないんですよ！」

そういうものなのか、と思うと同時に、それでは自分のやってきたことは何だったのか、という想いが沸き上がった。

――トレヴァーの屋敷での生活は、満ち足りている。望めば必要なものは何でも揃えてくれるし、常にミラベルのことを気遣ってくれている。

でも、そうして満たされていけばいくほど。

ミラベルは生家での扱いを思い出して、惨めな気持ちに陥ってしまうのだ。


「マーサ、またレース編みの続きを教えてもらえる？」

庭での作業を終えたミラベルは、居間でゆったりと寛《くつろ》いだ。

しばしの休憩時間。最近はこの時間に、マーサからレース編みのモチーフを習うのがお気に入りの過ごし方となっている。

「つくろい物とかで針は使うから、刺繍ならなんとなく感覚がわかるんだけど、レース編みは全然ダメね……どうしてこうも上手くいかないのかしら……」

本来貴族の女性がつくろい物などするはずがないのだが、ミラベルは己の失言に気づかずに膝の上に置いたそれを見て溜め息をついた。

そこにあるのは、歪《いびつ》に絡み合い、捻《ねじ》れた白い糸の固まり。敢えて題名を付けるのであれば、「鳥の巣」というのが適当だろうか。これが「蜘蛛の巣」であれば、レース作品としては相応しいのだが……。

昨日挑戦した新しい作品。マーサが退室してからもしばらく悪戦苦闘していたのだが、その結果できあがった代物がこれだ。

しかも諦めて解《ほど》こうと引っ張っても、糸は一向に緩まない。本来ならレース作品はいともあっけなく解けていくはずだというのに、この鳥の巣は絡まる一方だ。

あらあら、とマーサはくすくす笑う。そしてそれを受け取ると、器用にくるくるとミラベルが絡ませた結び目を解きだした。

「ミラベル様は、少し糸を強く引きすぎですね。編み目はもっと緩く、一定の大きさで。目を増やす時は同じ場所に針が入るように……」

解ききった糸を受け取って、マーサの指示を聞きながら一から再開する。

しばらくマーサにつきっきりで教えてもらった後は、そのまま集中して無言で編み針を進めた。多少がたつきはあるものの、だいぶ上達してきたようには思われる。

そうその調子、と隣で頷くマーサ。彼女の手にあるのは、編みかけの時点でその緻密さと繊細さがわかる、見事な作品だ。

使っている針も、ミラベルのものより格段に細く簡単に折れてしまいそうなほど華奢《きやしや》だ。複雑に目数を調整したそのモチーフには、ぐるりと天使が手をつなぐ模様が見える。

ミラベルの様子に目をやりながらも、マーサの手は止まらずにめまぐるしく動き続ける。滑らかに針を動かすその姿は、まるでその手だけが独立した機構のようだった。

「どうしたらそんなふうにできるのかしら……」

「年の功ですよ、年の功。そんなに自慢できることじゃありません。——でも、懐かしいですねぇ。奥様がいらした頃は、この暖炉の前で一緒にレース編みをするのが日課でしたから。こうしてまた肩を並べて針が動かせるなんて、マーサは幸せですわ……」

ほぅっと息をついてマーサは遠い目をする。

「奥様ってどういう方だったの？」

「優しくてお淑《しと》やかで、一見大人しい深窓の令嬢のように見える方でしたが……その実、暴走しがちな当時の旦那様の手綱を操るしっかりした性格をしていました。おっとりしていながらも、自分の芯を持っている……そうですね、少しミラベル様に似ているのかもしれません」

「私に？　私はそんな立派な人間じゃないわ」

とんでもないと首を振るミラベルを見て、マーサは目を細める。

「いーえ。マーサにはわかりますとも。周囲の人間に遠慮をしながらも、なすべきことについては譲らない。そんなミラベル様は、将来きっと奥様のような立派な女主人を務められることでしょう。……旦那様と同じで、ちょっと頑張りすぎなところが玉に瑕ですが。あの仕事人間な旦那様を諌《いさ》めてくだされば、これ以上のことはありません」

「私には荷が重いけど……頑張るわ」

「ええ、お願いします。旦那様も……昔はあそこまで仕事中毒ではなかったんですけどねぇ」

そう言ってマーサは苦い笑みを浮かべた。

「確かに元々まじめな方ではありましたが、あんなふうに命を燃やすような仕事の打ち込み方はしませんでした。それが一心不乱に仕事に打ち込むようになったのは……ご両親が亡くなられてからです。悪いことに、若くして突然当主の座につかされた旦那様には、伴侶となる方がいなかった」

ふぅ、と溜め息をついてマーサは遠い目で当時のことを思い出す。

「ご両親を喪《うしな》った悲しみも癒えないままに、旦那様のもとには山のような縁談が寄せられました。屋敷に戻れば親戚が詰め寄せ、大量の釣り書きを押し付ける。暇な時間には勝手にお見合いをねじ込まれる。旦那様が仕事に救いを求めたのも、今思うと無理はなかったのかもしれません。その所為で『仕事の鬼』なんて呼ばれ、おひとりで実験をすることが多いがために怪しい実験をしているなんて噂され、本人が不愛想なものですから不名誉な噂はどんどん度を越していき……今では冷血男爵は魔術の発展のために生き血を使うなんて言われる始末！　旦那様は気にしてないようですが、おいたわしくて……」

「なんてひどい！」

あんまりな周囲の反応に、相槌を打つミラベルの声にも思わず棘《とげ》が出る。

「イリアス様は確かに言葉不足で自身の都合を優先させがちな方ではありますが、人道に悖《もと》るようなことは絶対になさいません！　私もお会いする前に『魔術の発展のためなら犠牲を惜しまない冷酷無比な方』と聞いていましたが、すぐにそんな方ではないとわかりました！　あの方はただ、ちょっと他人を慮《おもんぱか》るのが苦手で、合理的な思考しかできないだけで……」

「そう！　坊ちゃま……いえ、旦那様のことをそこまで理解されてるなんて、ミラベル様ありがとうございます！」

失礼なことを言ったかも、と言葉を切ったミラベルをよそに、マーサは感極まった表情で彼女の手を取る。

「そうなんです！　旦那様はただ、ちょっと不器用で他人への配慮が足りないだけなんです！　ああ、そうやって旦那様を見てくれる方が現れて、本当に良かった……！」

およそ使用人が自分の主人について述べる言葉とは思えないが、それでもマーサの声には愛情がたっぷりこもっている。

「私は旦那様が子供の頃からお世話をしてきましたが、本っ当にあの方は女性の扱い方が下手で下手で……！　小さい頃から何度、無神経な言動でレディを泣かせてきたことか。――あんな方ではありますが、旦那様のこと、どうかくれぐれもお見捨てになりませんように！　何かありましたら、微力ながらマーサがいつでもお力になりますので！」

「あ、ありがとう……？」

その熱量に押されて多少引き気味になりながらも、ミラベルは辛うじて返事を口にした。言いたいことを言って、マーサは満足したらしい。気を取り直したようにレース編みの続きに取り掛かり始める。

それに倣《なら》い、ミラベルも手元へと目を落とした。レース針を手に取れば、思考は自然と慣れない作業のほうに夢中になっていく。気づけば、時間はあっという間に流れていた。

コツコツと編み進めていくうちに、手の中の糸は形が整い、モチーフの形が現れ始める。

ミラベルはキリが良くなったところで、うーん、と少し強張り始めた肩をほぐすように腕を伸ばした。

趣味に没頭するのも良いが、やるべきことは他にもある。そろそろ今日の復習もしなければならないし、クロードに頼んで持ってきてもらったトレヴァー家の領地の資料にも目を通しておきたい。

レース編みを脇へと置いたミラベルは、そのまま休憩をはさむことなく歴史書を手に取った。


「お茶が入りましたよ」

――本を読み始めてから、どれくらい経ったのだろう。マーサに声を掛けられて、本に没頭していたミラベルの意識がはっと現実へと引き戻された。

顔を上げれば、西日が入らないようにマーサがカーテンを閉じる姿が目に入る。そういえば横でレースを編んでいたはずのマーサは、いつ席を立っていたのか。

本から顔を上げ、きょとんとした表情を見せるミラベルに、マーサが苦笑する。

「夢中になるのは良いことですけどね……まだ体力も回復していないんです。あまり無理をなさらないでくださいな」

「ありがとう、マーサ。でも私、いろいろなことに挑戦できるのが本当に嬉しくって……礼儀作法も、歴史のお勉強も、薬草畑のお手入れも、レース編みも……何もかもが楽しいの。楽しくって楽しくって……、なかなかやめられないのは困りものだけど」

少しいたずらな表情で笑って、ミラベルはぱたんと本を閉じる。

「それもこれも、全部イリアス様のおかげね。私との、契約結婚を考えてくださったから。イリアス様には本当に、心から感謝しているわ」

キラキラした笑顔でそう告げるミラベル。その表情にはイリアスに対する男女としての好意はないものの、感謝と尊敬の念が溢れている。

（うーん……さっきの会話もそうだけど、ミラベル様はわりと旦那様に好意的ではあるのよね。でも、それが恋愛感情じゃないっていうだけで……。契約結婚なんて言っていたけれど、できれば旦那様には幸せになってほしいのよねぇ。ミラベル様は素敵な方だし、きっと幸せな結婚生活が築けるもの。――でも、お互いにそのつもりがないんじゃ、難しいかしら……）

マーサとしては、複雑な心境だ。

「おっと、ご歓談の邪魔をしてしまいましたかな」

「クロード？　いえ、大丈夫よ」

二人の笑い声が聞こえたのか、クロードが居間の前で足を止めた。彼の視線から話があると読み取ったミラベルは、貴族らしく鷹揚《おうよう》に頷いてみせる。

マーサと共に当初から何かとミラベルを気にかけている老執事は、にこやかに彼女へと歩み寄った。

「旦那様が、ミラベル様のお心遣いに気づかれましたよ」

「ようやく？　まったく、旦那様ったら鈍すぎるわ！」

マーサが憤りの声をあげるなか、ミラベルは不安げな表情で身体を固くした。

「それで……イリアス様の反応は……」

クロードは彼女を安心させるように、茶目っ気たっぷりに片目を瞑《つむ》ってみせる。

「喜んでいらっしゃいましたよ。お夜食の件も、出席されると」

「あ……ありがとうございます……！」

緊張の一瞬からの安堵。思わず、言葉遣いが当初のものに戻ってしまう。

使用人にへりくだるな、弱気な態度で隙《すき》を見せるな、というのは、家庭教師からも口を酸っぱくして言われていたことだ。

慌てて、嬉しいわ、と取り繕うように口にした。

「良かったですねぇ、ミラベル様。最近の旦那様は、明らかに顔色が良くなりましたもの。間違いなく、ミラベル様のおかげですわ」

喜ぶマーサの言葉に、クロードもしみじみと頷く。

「本当に。――あとは少しでも夜食をとっていただければ、私どもとしても安心なんですが……」

その言葉を最後に、使用人二人は揃って溜め息をついた。

――忠実な彼らは、以前から何よりも主人の健康問題に頭を悩ませていた。

いくら諫《いさ》めても、仕事が舞い込んでくれば自身のことは二の次でのめり込んでしまうのが、主人の性格だ。命を削って仕事をしているといっても良い。

その当然の結果として、どんどん顔色が悪くなっていくイリアス。そんな主人に心を痛めていた彼らにとって、彼の不眠解消はまさに福音であった。

ミラベルへの協力も、俄然《がぜん》、力が入るというものだろう。

このままミラベルに女主人としてイリアスの健康管理をお任せしたいと、彼らは掛け値なく本気でそう期待を抱く。

「それじゃ料理人にも協力してもらって、準備をお願い」

「はい、すでに手配済みです。お任せください」

使用人の差配を済ませてから歴史書をしまい、今度は貴族年鑑を開く。各貴族の成り立ちや関係性など、知っておくべきことはしっかりと頭に叩き込まなければならない。

今日はこれを適当なところまで読んだら、刺繍の続きに取り掛かろう。今日中に完成させたい。その後は――……。

元来じっとしていると落ち着かない性分のミラベル。

せっかく「教育は身体の負担にならないようにゆっくりと」と配慮されているにもかかわらず、当の本人はせっせと自身に課したタスクを一日の中に詰め込んでいた。

――いかに楽しくても、やる気があっても。

疲労とはそれに関わらず身体に溜まっていくものだ。

ミラベルもイリアスも、その点を軽視しがちなところは非常に似通っている。

もともと丈夫とは言いがたいミラベルの身体は、本人は気づかずともじわりじわりと疲労に蝕《むしば》まれていた……。

●第六章

——その晩。

多少は早く帰れるように、と思っていたイリアスだったが、今日もまたいつものように夜も遅い時間になっていた。

疲労の所為か、昼から何も食べていないのに食欲はまったくない。

頭の奥が重く、空っぽの胃がキリキリと痛む。

こんな状態ではやはり夜食など無理だな、と溜め息をつきながらイリアスは屋敷へと戻る。

主人の帰宅に気がついたクロードが、玄関のドアを開ける。

その途端、イリアスは鮮やかな薔薇の香りに迎えられた。疲労で上の空だった意識がはっと引き戻されるほどの鮮烈な香り。

そうか、いつのまにかそんな季節になっていたのか。イリアスは当たり前の事実に、今更ながら気づかされる。仕事のことで頭がいっぱいで、季節が過ぎていくことにすら自分は無頓着だったようだ。

「おかえりなさいませ、旦那様」

「……ああ。彼女は」

迎えるクロードにジャケットを預けながら、尋ねる。

「食堂でお待ちでございます」

「……そうか」

ここまで待たせてしまったのだ。食欲がないとはいえ、人伝てに断るのはあまりに失礼だろう。

そう判断したイリアスは襟元を緩めながら食堂へと向かった。

「イリアス様、おかえりなさいませ」

ミラベルが、淑やかに席を立ち頭を下げる。

「ああ。待たせてすまない。申し訳ないが今日は──」

食欲がないんだ、と言いかけたところで、ふわりと温かな湯気が鼻腔をくすぐった。

思わず言葉を切る。

今まで存在を主張していなかった腹の虫が突然、きゅぅ、と情けない声を上げる。

「ちょうど温め終わったみたいですね」

「いや、僕は──」

断ろうと口を開いてから、漂うその香りに、忘れていた空腹感に意識が向いた。普段であれば、何も胃に入れたくないと思うほど疲れ切っているのに。

気づけば、促されるがままに食卓についていた。

先ほどから漂ってくる、この美味しそうな匂い。その正体を見極めるのも、悪くはないかもしれない。

「どうぞ」

──やがて並べられた料理は、率直に言って貧相なものであった。茶色いくすんだ色のスープと、柔らかなパンだけ。

だというのに、イリアスのお腹は切なげに早くそれをよこせと訴えてくる。

「……では、」

恐る恐るスープに手をつける。これだけ良い匂いをさせているのだ。不味《まず》いということはないだろう。

口元まで、匙《さじ》を運ぶ。その様子をミラベルが不安そうに見守っているのがわかる。

——思わず目を見開いた。

口の中で広がる、複雑で奥行きのある味わい。かと言ってそれは強烈ではなく、ただただ優しく滋養たっぷりに、身体の中へと染み込んでいく。

「美味しい……」

思わず呟きが漏れる。ぱぁっとミラベルが顔を輝かせるのがわかった。

その後ろでマーサがうんうんと嬉しそうに何度も頷いているのが目に入るが、イリアスの意識はもう既にそこにない。ただひたすら、スープを口元へ運ぶことに没頭していた。

スープ単体でも美味しいが、パンを浸して食べるのも良い。交互に食べるのも良い。

あっという間に、出された食事を全て平らげてしまっていた。

夢中で食べているうちに、いつの間にか身体が内側からぽかぽかと温まっている。

「……美味しかった、ありがとう。これは一体……？」

食したことのない料理だ。見かけはただの具のないスープだが、その味わいは複雑で立体的な旨味があり、ふくよかな香りとその奥にある滋味が舌を満たしてくれる。

正体が気にかかる。いつもの料理とは、風味がまったく異なっているのだから。

彼の問いに、少しだけミラベルは答えるのを躊躇う。

「野菜とお肉の……煮汁です」

「煮汁？　料理人がいつも捨てる、あの？」

はい、とミラベルは身を縮める。

「煮汁には野菜やお肉の香りや栄養がたっぷり染み込んでいて、美味しい上にとても滋養があるんです。夜遅くに召し上がるものでしたら、身体に染み込みやすいものが良いかと……。そういったものを口にする経験が多かったものですから、味付けも一通りは勝手がわかっておりますし……」

それは残飯にもならない屑《くず》食材を口にさせられていたということに他ならないのだが、そこは敢えて誰も指摘しない。

イリアスは合理的な人間だ。

気位の高い男であれば、捨てるような屑汁を食わせたのかと激昂《げっこう》したことだろう。しかし、彼はただ素直にそのスープの旨味に感心を覚える。

普段料理人が彼のために用意する料理。味は悪くないのだが……、如何《いかん》せん、深夜に食べるには油たっぷりの肉料理やソースのかかった魚料理は重すぎた。

しかし確かに、このスープであれば遅い時間であっても口にできそうだ。

「その……明日も、用意してもらえるだろうか」

それは、何よりも彼女の工夫を認めた言葉。

「っ！　はい、もちろん！」

ミラベルが嬉しそうにイリアスの顔を見上げる。

——控えめなその笑顔を目の当たりにした瞬間だった。

どくんと、イリアスの心臓が強く脈打った。

（……何だ……？）

思わず心臓に手を当てる。脈が早く、息苦しく、顔が熱い。今の一瞬で、一体何が起こったのか。

喉の奥が支《つか》えるような、今まで感じたことのない感覚。

しかしそれは、不調というほど不快なものではなく、どちらかというと心地好い焦燥感。

怪訝《けげん》そうにミラベルが首を傾げる。

誤魔化《ごまか》すように咳払《せきばら》いをして、イリアスは少し目を逸らした。彼女を視界から外すと、その感覚はひとまず落ち着いてくる。

「あー、それと。アロマも気に入っている。僕の寝室にもラベンダーを置いてくれないか？」

「はい、喜んで」

ミラベルがもう一度微笑んだのが視界の端でわかった。

……しかし何故だろう。

イリアスはその日。

それ以上、彼女を正面から見ることができなかった。

○　○　○　○　○　○　○

それ以降、トレヴァー家では遅い夜食の時間にイリアスとミラベルがゆったりと会話を楽しむ習慣ができあがった。

最初のうちはお互いの距離感を測りかねてどこか余所余所《よそよそ》しい空気だったが、日を追うにつれその距離は徐々に縮まっていく。

仕事人間のイリアスは、会話の内容がどうしても仕事関連に偏りがちになってしまう。それでも、ミラベルはそれを疎む様子もなく楽しげに話を聞いてくれていた。

また彼女の才覚ゆえか、イリアスの話に返される相槌や感想は的確で、かつ新鮮だ。

相手の反応があると話していて楽しいもので、イリアスはいつの間にか随分と舌が滑らかになっていた。

その姿は、自分の主人はここまで饒舌《じょうぜつ》だったのかと使用人たちが目をみはるほど。

いつしか彼にとって、仕事終わりのこの時間はかけがえのないものになっていた……――。

今日も早めに仕事を切り上げ、イリアスは家路につこうとする。

　これまでは仕事を言い訳に家に帰るのを後回しにすることが多かったが、何とはなしに最近は帰宅の時間が早まってきている。家に帰るのが、少し楽しみとなっているのだ。

　最近はいつものスープだけでなくひと手間加えた味のバリエーションも増えてきており、それがまた食事の楽しみを加速している。たまに好みに合わないときもあるのだが、それはそれで自分の苦手な風味を言語化するという会話の契機になる。

　そうやって自分の味覚と向き合い楽しく食事を味わっていくうちに、身体もだんだん夜食をとることに慣れていった。徐々に食欲も戻り、我ながら顔色も良くなってきたと感じている。

　今日はどんな夜食が用意されているだろうかと少し胸を弾ませながら、手早く帰り支度を終えて執務室を出た。部屋を出る足取りが少し浮き浮きとしているのは、我ながら否めない。

　その背中に、ぶっきらぼうな声がかけられた。

「おぅ、イリアス。最近ずいぶんと帰りが早いな、ご機嫌じゃねぇか」

　浮《うわ》ついた気持ちが、またたく間に地に落とされた。ぎくしゃくと振り返ると、予想通りそこにいるのは仁王立ちしたヴィンセント。

　面白いものを目にしたとにやにやした表情で視線を向けられ、少し居心地が悪い。咳払いをして気持ちを整えてから、挨拶を返す。

「そういう師団長こそ、今日はゆっくりしたご帰宅ですね。いつも夕刻の鐘と同時に帰るくせに」

　――時刻は八時。

　確かにイリアスにしては早めの仕事終わりだが、常に終業の鐘と同時に「妻の手料理を食べに帰る」

と臆面もなく宣言して帰宅するヴィンセントに比べれば、その珍しさは雲泥の差だ。

「この前アンディが泣いてましたよ。その日のうちに決裁をもらいたかったのに、棟を出る師団長のあまりの足の速さに追いつけなかったって」

「そりゃ時間に余裕を持たなかったアンディの奴が悪い。俺に追いつけなかっただぁ？　アイツ、鍛え方が足りないんじゃないのか。最近、実践の訓練が足りてなかったみたいだな。増やすか」

普段はデスクワークが中心ではあるが、魔術師団も騎士団のれっきとした一部門である。訓練や模擬戦闘は上司の一声で容易に実施されてしまう。

今の発言は藪蛇《やぶへび》だったか、と慌てて話題を変えることにした。

「そんなことより、そんな定時帰宅の師団長がどうしてこんな時間まで？　何か急ぎの案件でも？」

「ああ、違う違う。今日は妻が夜会に出る関係で、家を留守にしてるてな。早く帰っても、誰もいないんだ。だから誰かと飯でも、と思ったんだが……」

執務室をぐるりと見渡して、ヴィンセントは肩をすくめる。

「……誰も居ないな」

「最近、部下の帰宅時間が軒並み早くなったようで」

「お前さんが早く帰るようになったからな。良い傾向だ」

「？　自分が早く帰るのと、部下の帰宅時間に何か関係が？」

お前なぁ、とヴィンセントは苦笑いで首を振った。

「上司が鬼のような形相で遅くまで仕事をしていたら、帰れるもんも帰れねぇじゃないか」

「……そういうものですか？　彼らと同じ仕事をしているわけでもなし、終わったら勝手に帰れば良いのに」

ピンとこないイリアスはきょとんとした顔で首をかしげる。ぽんぽん、とそんなイリアスの肩を叩いてヴィンセントは言い含めるようにゆっくりと口を開く。

「お前さんはもうちょっと、他人の感情に寄り添う努力をした方が良い。皆が皆、そうやって割り切れるわけじゃないんだ。人間ってのは、結構不合理な生き物なんだからよ。そこを踏まえて行動しないと、気づけば一人っきり……なんてことになりかねんぞ？」

「はぁ……」

自分の仕事は個人プレーのものが多いし、人付き合いの苦手な性格も相まってもともと孤立している自覚はある。今更そんなことを言われても、と曖昧な返事しかできない。

そんな反応の鈍いイリアスにこれ以上言っても無駄だと判断したらしい。ヴィンセントは頭をガシガシと掻くと、話題を変えるようにわざとらしく大きな声で嘆いた。

「……あーあ、それにしても誰もいないとはねぇ。しゃーない、一人で飲んで帰るかー」

「自分で良ければ、付き合いますが」

先ほどから何故か、ヴィンセントはイリアスを頭数に入れていない様子が見受けられる。

「おいおい……婚約者が家で待ってるだろうに、良いのか？　彼女に会いたくて、最近早く帰っているくせに」

「っ！　別に、そういうわけでは……」

自覚はあったものの、他人にそう指摘されると何やら非常に腹立たしい。カッと頬に熱が上るのを感じた。

己の感情が他者の存在でかき乱されているなんて、そんなことを容認するわけにはいかないのだ。

「そうとしか見えないけどなぁ……」

ヴィンセントのぼやきを聞き流して、行きましょう、と強く言った。もはや意地のようになってしまった自覚はあるが、ここで引き下がってはヴィンセントの指摘が正しいことを認めることになってしまう。


「……それで、どうなんだ。婚約者との生活ってのは」

酒場の席について早々に、ヴィンセントはミラベルの話題を出した。その目には紛《まご》うことなき野次馬的好奇心が光っていて、イリアスは内心溜め息をつく。

やはり付き合うべきではなかったかもしれない、と早くも後悔の念を抱きながら、そっけなく答えた。

「特に、何もありませんよ。それなりの生活を送ってます」

「何もないってこたぁないだろう。最近急いで帰ってるんだ、何かはあるんだろぅ?」

手早く酒を注文すると、ヴィンセントはずいと身体を寄せてテーブル越しにイリアスの顔を覗き込む。

その暑苦しい熱量に思わず身体を逸らして、距離をとった。何か納得させられる答えを捻《ひね》りださない限り、この上司は諦めそうにない。少し考えてから、口を開く。

「何かって……ああ、そうですね。彼女は、料理の差配が上手いです。最近は、自分も夜食をとる習慣が身についてきました」

「良い婚約者じゃねぇか」

にやりと笑むと、ヴィンセントは身を乗り出すのをやめ、どっかりと腰を下ろした。じろじろと遠慮なくイリアスの顔を見て、心得たように頷く。

「確かにお前さん、最近顔色が良くなったもんなぁ。表情も柔らかくなったし」

「……そうですか？　あまり自覚はありませんが。……とにかく、信頼関係は構築できてきたと思いますよ」

ミラベルのことを思い浮かべて、ふっと唇が緩む。そんな反応をした自分が気恥ずかしくなって、慌てて事務的に言葉を添えた。

「会話は、わりと弾んでいるとは思います」

「そりゃあ、良いことだねぇ」

しみじみとつぶやくと、ヴィンセントはエールの入った木のジョッキを持ち上げて見せた。イリアスも運ばれてきたジョッキを上げて、それに応える。

しばらくは、ぐびりとエールを飲む音が会話の沈黙を埋めた。

「信頼関係ができてきたなら、次はお互いちょっとずつ我が儘を出していくタイミングか。いやぁ楽しい時期だなぁ、オイ？」

ダン、とジョッキをテーブルに置くと、ヴィンセントは早くも二杯目のエールを注文する。空になったジョッキを弄びながら、イリアスを揶揄《からか》うように冷やかしの言葉を口にする。

「我が儘が楽しい……ですか？」

「そりゃあ度の過ぎた我が儘は困るけどよ、そうやって自分の欲望を口に出せるようになるって、信頼されてる証拠だろ？　俺も奥さんに『仕事ばっかりしてないで、もう少し構ってちょうだい』とか言われたら、やること投げ出して家に飛んで帰る自信があるぜ」

「師団長のそれは、いつものことじゃないですか……」

苦笑いと共にツッコミを入れながら、思いを馳《は》せる。ミラベルがそんなふうに自分の欲求を口に出す姿が、想像できない。

……確かに、もう少し遠慮をやめてくれても良いのに、と残念な気持ちが芽生えた。きっと言いたいことも色々あるだろうに、彼女は己の欲求どころか不満を口にしたことすら一度もない。

「まぁでも難しいでしょうね。僕たちの婚約はこちらから言い出した一方的なものですし、どうしても一歩引いた態度になってしまうのは避けられません。最近、ようやく会話が続くようにはなりましたが……」

「お前さんの会話って、仕事以外のことを話してるイメージがないんだが」

「…………」

「こら、目を逸らすな目を」

図星をつかれて思わず黙り込んだイリアスの肩を、ヴィンセントは苦笑いで叩いた。

「それでも会話が続いてるなら、婚約者の方も仲良くしたいと思ってるってことだろ」

「そう……なんですかね」

「なんだ、ずいぶんと自信なさそうな返事だな。らしくないぞ」

「僕はどうせ、仕事しかない人間ですから。本当のところ、きっと彼女を退屈させていると思います。僕は彼女に感謝していますが、彼女に僕ができることは……何も、ない。歯がゆいものですね」

アルコールが入ったためか、イリアスの舌が少し滑らかになる。気づけば、内心の葛藤を吐露していた。

「ほうほうほう？　なんだなんだ、ちゃんと春が来てるじゃないか」

妙に嬉しそうな顔で、ヴィンセントはうんうんと頷いた。

口調は軽いものの揶揄うような調子は鳴りをひそめ、真剣にイリアスの感情に寄り添おうとする気配が伝わってくる。

「まぁ焦ることはないさ。自分なりのペースで、ゆっくり距離を縮めていけば良い。……ただ、男女の関係ってのはお互いがあってのことだからな。相手を不安にさせないようにすることだけは、注意した方が良いぞ」

「目を合わせない、不愛想な態度をとる、というのはやはり不安にさせてしまうものでしょうか……」

己の行動を振り返って、つい苦い呟きが洩れた。

「そりゃあ、男女の仲以前の問題だろう！　……何だってまた、そんな相手に嫌われるような真似を」

ヴィンセントの素直なコメントは、ぐさりとイリアスの心をえぐる。

「別にそうしようとしているわけではないんですが、彼女と目が合うと、息が詰まったような苦しい感覚がして……。態度も、普通に接しようとはしているのに、どうしても挙動不審になってしまうんです。そしてそれを誤魔化そうとして、ついつい必要以上に不愛想な態度をとってしまって。自分でもその理由がわからないのですが……」

――本当は、何とかしたいと思っているのだ。それなのに、彼女の前に出るといつもの自分のように振る舞えない。

自尊心ばかりが膨れ上がる一方で、ちょっとした出来事ですぐに平常心を失ってしまう。その愚かしい振る舞いは、まるで初陣に臨む若い騎士のようだった。

「彼女と出会うまで、そんなふうになったことはありませんでした。それを考えると、彼女との相性は致命的なまでに悪いのかもしれません……」

溜め息と共に、弱音が出る。今まで思考に上らせることすらしてこなかった漠然とした不安が、言葉というカタチを得て一気に顕在化した。彼女と語らうたびに感じる正体のない焦りの原因に、初めて気づかされる。

「………」

しばらくの間、ヴィンセントの反応はなかった。酒の力を借りて言いたいことを言ったイリアスは、この悩みをどう受け止められただろうかと恐る恐る彼の顔を仰ぎ見る。

――ポカンとした顔のヴィンセントと、目が合った。

声を失ったように口を半開きにしたまま、ヴィンセントはまじまじとイリアスを凝視する。

「まさかここまで感情に疎いとは……いや、しかしそう考えると、そんな朴念仁をここまで成長させたというのは……だが、これは本人が気づかないと周囲が言っても意味が……」

ぶつぶつとイリアスには理解できない呟きを洩らして、自身の考えに没頭するヴィンセント。

「師団長……？」

堪《こら》えきれずに声をかけると、ヴィンセントはハッとしたように言葉を切った。物思いをやめた彼は、改めてイリアスに向き直る。

「いや、悪い悪い。なんと言ったものか、困ってしまってな。あまりこういうコトは第三者が指摘しても意味がないんだが……」

しばらく言い淀《よど》んだ後、がっしりとイリアスの肩をつかんでヴィンセントは真剣な瞳で告げる。

「今お前さんが感じているその感情は、お前さんの今後の人生において、とても大事になってくるものだ。じっくりと向き合って、どうしてそう感じるのか、自分が何を望んでいるのかをしっかりと考えなくちゃいけない。これについてアドバイスできることはあまりないが……そうだな、俺から言えるのはただ一つだけ、」

「……何でしょう？」

その真剣な雰囲気に呑まれ、イリアスは固唾《かたず》を呑んでその言葉の続きを待つ。

「その理由が、婚約者と相性が悪いからなんてことは絶対にない。それを言い訳にすることがあったら、お前さんは将来、絶対後悔することになるぞ。――目を逸らすな。逃げることなく、己の心にしっかりと向き合え。……俺が言えるのは、ここまでだ」

何も答えになるような具体性はなかったのに、その言葉は妙にイリアスの心を打った。

「わかりました。ご助言、ありがとうございます」

婚約者の話はそこで終わり、その後はヴィンセントの家族自慢や仕事の愚痴、同僚の近況などで話は盛り上がる。家に着いたのは、日付も変わろうとする時間帯だった。


「おかえりなさいませ、イリアス様」

「……君か」

こんな時間だというのにクロードと並んでイリアスを迎えたのは、ミラベルであった。

思わず声が硬くなるのを、なんとか抑えて彼女に視線を向ける。

真正面からミラベルと目を合わせるとやはり心がざわつくのを感じる。しかしヴィンセントに相談した後だからだろうか、いつもより落ち着いて自分のその感情を受け止めることができた。

「今夜は遅くなると言ったのに」

言外に出迎えは不要という意味を込めたのだが、どうやら伝わっていなかったようだ。

「ええ、ご連絡ありがとうございました」

イリアスのそっけない言葉にもめげずに、ミラベルはにっこりと微笑んで礼を述べてから目を輝かせる。

「通信魔術、というものを初めて拝見しました。氷の鳥なんて、素敵ですね。メッセージを伝えてから溶けて消えてしまうまで、ずっと見惚《みと》れてしまいました」

それを伝えたくて、とはにかむミラベル。

そんな姿を目にすると、彼女を前に身構えてしまう自分がバカらしく思えてつい口角が上がった。

「——そうか。確かに、通信魔術を扱える者はあまり多くはない。この氷の鳥をかたどった術式は、僕のオリジナルの魔術だ。……まぁなんだ、君の目を楽しませられたなら、良かった」

つるりと唇から出たのは、素直な想い。少しだけ驚いた顔をしてから、ミラベルは嬉しそうに微笑む。

「ええ、ありがとうございます」

ミラベルと相性が悪いなんてことは、絶対にない——ヴィンセントが口にした言葉が思い出される。

その助言は、イリアスの心を大いに勇気づけた。

相変わらずミラベルを前にすると、喉の奥が詰まるような焦燥感に襲われる。それでも、今までのようにそれに苛立つことはなくなっていた。

——もっとゆっくりと、この感覚と向き合っていくべきなのかもしれない。

無言でミラベルを見下ろしながら、イリアスはそう思う。……きっと彼女のことがもっと理解できるようになれば、このヤキモキした気持ちも落ち着いてくるのだろう。

「それでは、僕はもう寝るよ。君も、あまり遅くまで起きていないように」

「ええ、おやすみなさい、イリアス様」

ナイトドレスの裾をつまんで優雅に夜のあいさつを告げたミラベルは、月の女神のような金色の髪をなびかせて自室へと去っていく。その後ろ姿が見えなくなるまで、イリアスはじっと視線を注いでいた。

○　○　○　○　○　○　○

イリアスの姿勢が前向きになったことで、二人の会話の雰囲気は少しずつではあるものの、より親密なものへと変わっていった。

——結局、会話の途中で言葉に詰まったり胸が苦しくなったりする状態は、あまり改善してはいない。しかし、それに振り回されることなく自分のテンポで言葉を交わすことを意識すると、気持ちはずっと楽になった。

「まぁ、では本当に災厄の竜は城に？」

今日の話題は、彼の取り組んでいる仕事についてだ。

封印魔術の話を聞いたミラベルは驚きの声を上げ、匙を手にしたまま、目を丸くしてイリアスの顔を見上げる。

素直なその反応に、思わず頬が緩んだ。

「ああ、貴族であれば、祭祀《さいし》などで本物を目にする機会も多い。それ以外に一般国民であってもクジに当たれば、建国祭のときに実物を目にすることが可能だ。貴族の役割を知らしめるのは、大事なことだから」

「建国祭……」

「もしかして、参加したことがない？」

何気なく問うと、ミラベルは実は……、と恥ずかしそうに切り出した。

「街へ出たこともないんです」

「っ！　それは珍しい」

驚いてから、それも当然かと気がついた。彼女の生い立ちを考えれば、家の外を知らなくても無理はない。

「もし良かったら……」

そこまで言いかけて、喉に何か絡まるような感覚がしたイリアスは思わず一度言葉を切った。

……一体何に緊張しているんだ、自分は？

「あー……、もし良かったら次の休みに僕と街へ出てみないか。案内をしよう」

「良いんですか、嬉しいです！」

仕切り直したイリアスの誘いに、ミラベルは無邪気な喜びを見せた。

可愛いな、と一瞬、その笑顔に目が奪われた。

骨の形までわかるほど痩せ細っていた彼女の身体はすこし丸みを帯び、女性らしい曲線が出てきた。

最近はドレスの形も変わり、ハイネックや長袖で肌を隠すことも減った。すべらかな彼女の肌が以前よりも露出するようになり、首筋から少し鎖骨が浮き上がるデコルテまでが食堂の明かりで真珠のように白く艶めく。

その光沢が薄暗い食堂の中で妙に眩しくて、それを目にするたびにイリアスはどぎまぎとした後ろめたい気持ちを覚えてしまう。

そんなイリアスの気持ちなどつゆ知らず、ミラベルのエメラルドのような明るい翠の瞳はまっすぐに彼を見つめる。いつからか強い感情を表すようになったその宝石のような瞳は、イリアスの外出の提案を聞いた喜びで輝きを増していた。

その美しい瞳を輝かせたのは自分だ、とつい悦に入ったところで。

(何を考えているんだ、僕は……！)

愕然とした。

今まで感じたことのないような感情。まるで彼女の感情が自身の一部であるかのように、小さな反応ひとつひとつに一喜一憂してしまう己の思考回路は、一体どこからでてきたのか。

自分のものではないかのように唐突で、強烈な想いに我ながら困惑する。

ヴィンセントに助言されたように、最近のイリアスはそんな感情の発露を見極めようとしている。

しかし、その正体は未だに摑めていなかった。

「……イリアス様？」

「いや、なんでもない……！　それじゃ外出の件は、調整しておこう」

心配そうにミラベルがこちらを窺っているのは気づいているが、今は彼女の顔を見返す余裕がない。この状態で彼女を正面から見たら、あふれ出た感情で自分がどのようにふるまってしまうのか予想もつかない。

その後の彼はただひたすら無心に、夜食を食べ終えることに注力していた……。

●第七章

約束通りイリアスとミラベルが街へと出かけたのは、それから半月ほど経ってからだった。

馬車の窓から差し込む暖かな日差しに、イリアスは眩しそうに目を細める。

彼女を誘ってから少し日が空いてしまったが、これでも休日すら書斎に引き篭もる仕事人間のイリアスとしては信じられないほどの手際である。

普段なら何かと理由をつけて外に出ようとしない出不精な彼の外出に、使用人たちも大喜びで二人を送り出していた。

――外出嫌いの自分が、どうしてそんな提案をしたのか。

馬車に揺られながらいくら考えても、イリアスは自分の気持ちがわからずにいた。

最近の自分の感情は、まるで自分のものではないかのように激しく動く。

時に天国へと昇り詰めるほどの喜びに身を震わせたり、時に視界が真っ赤に染まるほどの激情に身を焦がしたり。

それはミラベルと話をしている時によく起こるのだが、その原因は定かではない。

ただ、ヴィンセントとの会話もあって、最近の彼はその出所が曖昧な感情にも誠実であろうと努めて意識をしていた。……といっても、結局そこから何かが進展しているわけではないのだが。

貴族として、当主として。普段から自身の感情を封じていたイリアスには、もはや感情の機微《きび》というものがわからなくなって久しい。

自分のことは「何をしても無感動」「合理性の塊《かたまり》」「冷徹な上司」という周囲の評価がふさわしい人間だと認識していたのだが……自分の中に思いもよらぬ側面があったことは、彼に戸惑いだけでなく、新鮮な驚きと妙なくすぐったさをもたらしていた。

……それはもう、意識して引き締めなければ貴族らしからぬほど表情が緩んでしまうくらいには。

今回のこの外出も、間違いなく自分は楽しみにしていたようで。

彼は幾分持て余し気味な浮ついた気持ちを自覚しながら、馬車の座席に深く腰を下ろして目を瞑る。

自身の感情を制御することが貴族の務めだ、と必死に胸の裡で唱えつつ。

一方、向かいに座るミラベルが今回の外出を心から楽しみにしていたことは、傍から見てもわかりやすすぎるほどであった。

「街には異国の珍しい布があると聞きました」「使用人の皆さんへのお土産は何が良いと思いますか」「最近良い天気が続きますが、週末まで続くでしょうか」などなど……。

外出の日が近づくにつれ、彼女の話題はそのことばかりになっていた。馬車に揺られている今も、ミラベルはそわそわと上気した顔で、楽しそうに馬車の窓から外を眺めている。

今にも歌を歌い出しそうな、喜びでじっとしていられないような表情。

考え事をしたいから話しかけてくれるな、と先ほど伝えたときには彼女が気を悪くしないだろうかと心配したのだが、どうやらそれは杞憂だったようだ。

——誘って良かったな、とその姿を見てイリアスは素直にそう思う。

彼女の嬉しそうな姿を見ると……何故だろう、自分まで嬉しくなる。

彼女の感情が、どうして自分の感情に影響を及ぼすのか。いくら考えても、その理由はわからないのだけれど。

思考は捗《はかど》らないまま、やがて馬車が止まった。

「わぁ……っ！」

イリアスにエスコートされて馬車から降りたミラベルは、途端、その場で立ち尽くして感嘆の声を上げた。

まだ街を囲む城壁に差し掛かる手前の、華やかなものなど何もないエリアだ。こんな場所の何にそんなに感銘を受けているのだろう、とイリアスが不思議に思ったところで、ミラベルは感極まった声で言葉を続ける。

「人が、こんなにたくさん……！」

思いがけない一言に、思わずぽかんと口が開いた。

（そうだ。街へ出たこともない、成人してからパーティーにも参加したことがない彼女に、この人の多さは衝撃的だろう）

そう考えて自分を納得させようとするが、こみ上げてくるものが抑えられない。

まさかこれから見せようと思っていた街の華やかさでも、ひしめき合う建物でもなく……そんな至極当たり前の光景から、驚きの表情を目にしようとは……。

「？　どうかしましたか、イリアス様？」

「ふふっ」

心底不思議そうに首を傾げるミラベルの姿を見たらもう、堪えられなかった。

イリアスは口元を押さえながらも、きょとんとするミラベルの前で肩を震わせて、くつくつと笑い出していた……。

○　○　○　○　○　○　○

そこから街の中に入る手前までの間にも、彼女の足を止めるものは多くあった。

街の中で商売を行うには、許可証の発行と荷の確認が必要となる。荷物の多い隊商や初めて街を訪れる商人は確認事項も多く、街の外で数日間足止めを食らうことも多い。

そのため、許可が下りるまでは城壁の外側で簡単な露店を開く光景が常となっている。

街の外であれば、これは法律的には黙認されている行為である。また、税もかからないため、売価も比較的安めだ。しかし一方、許可証がないということは、もちろん店を保証するものもないということで……そのぶん怪しげな店も詐欺紛《まが》いの店も、露店の中には多く含まれていた。

街の外のそうしたトラブルは、よほどの悪質なものでない限り衛兵も関与しない。だまされた場合であっても、泣き寝入りするしかないのだ。

だが、その駆け引きが面白いと、露店に足しげく通う者が多いのも事実であった。


――そして。


「イリアス様、ご覧ください！　このスパイス、あの夜食のスープに入れたらまた違った味わいになって、美味しそう！」

ミラベルもまた、このスリルとバラエティに富んだ露店に魅了された一人となったのだった。

海のものとも山のものとも知れない雑多な商品が並ぶ屋台を縫うように回り、見つけた戦利品を嬉しそうに披露する。

「う……こんなに臭いものをか。勘弁してくれ……」

目の前に突き出されたスパイスが山盛り載った皿。そのあまりの刺激臭に、イリアスは思わず後ずさる。

しかし、ミラベルはそんな反応を見ても引き下がらない。にっこりと笑って、ずいとさらに一歩前に近づいた。

「大丈夫、これは生の状態で大量に積みあがってるから、そう感じるだけです。適量を心がければ、絶対に美味しくなりますよ。……あ、もちろんイリアス様がこの香りがお嫌いであれば、諦めますが……」

「いや……まぁ、少量であれば試しても構わない。ただし、僕に出す前にしっかり味見をするように」

彼女のがっかりする表情を見たくないがために、イリアスの口から譲歩の言葉がこぼれ出る。

お任せください、と力強く頷いてから、ミラベルはそんな彼の顔をおずおずと窺った。

「それでは、このスパイス。買っても構いませんか……？」

そう言われてから、ああそうかとイリアスは己の迂闊《うかつ》さを恥じた。

――彼女が他人の財布で気兼ねなく買い物できるような女性でないことぐらい、知っていたはずなのに。

「もちろんだとも。今日は、君と街を楽しむために来たんだ。お金のことは気にするな。むしろ、変な遠慮などして僕に恥をかかせないでくれ」

彼女が買い物を楽しめるように、あえて強い表現で伝える。

わかりました、とミラベルが真面目《まじめ》くさった顔で頷くのを見て、イリアスは喉の奥で小さく笑った。


――そうして最初のうちは、あまり露店に興味を示さなかったイリアスだが。

やがて。

「おぅ兄ちゃん、この魔導具に興味があるなら、この古代遺物なんてどうだい？　冒険者が手に入れたばかりの、まだ公になっていない掘り出し物！　聖遺物なんて噂もあるくらいで……」

「偽物だな」

「……へっ？」

「だが、こっちの品は偽物でも興味深いな。元になるモデルがあるのか？　それとも……」

「やめて、店のモノに勝手に触らないで！　叩いて音を聞かないで！　太陽にかざさないでぇ！」

店主の悲鳴をよそに聖遺物もどきを手に取ると、イリアスはためつすがめつして熱心に検分を始める。

もとより本物があるとは思っていないが、見るべきところは意外にある。

古代遺物「らしさ」を演出するには、わりと定番のお約束というものがある。

意味ありげな魔法陣、太古の勇者の紋章、古代文字などなど……しかし、店に並ぶものの中には、そういった「らしさ」のない「オリジナル」な品がいくつか混ざっている。

この独自の特徴がどこから由来したものなのかを考えると、偽物であっても注目すべき点は多い。

そこにあるルーツが、何かしらの情報に繋がっている可能性があるからだ。

「よし、店主。この贋作《がんさく》について情報をくれるのであれば、これを購入しよう。いくらだ？」

「へ、へぇ……ありがとうございます……」

げっそりした表情の店主を前に、満足げに頷くイリアス。

――そう。気づけばイリアスも、ちゃっかり露店の楽しさを満喫していたのである。


結局。お昼の鐘が響き渡るまで、二人は露店エリアを夢中で探索していた。

鐘の音を聞いて、ようやくイリアスは我に返る。予想以上に街の手前の段階で時間が過ぎていたことに驚きを隠せない。

これでは、予定していた行程の半分も回れそうにない。慌ててミラベルを街の中へと促した。

向かう先は、昼飯に予約したレストランだ。訝しがられながらも同僚に教えてもらった、新しくできたばかりの人気店。

イリアス自身はそこまで食に関心があるわけではないが、ミラベルなら喜ぶだろうと思っての選択である。

相手の喜ぶ顔を考えて手配するというのは心が浮き立つものなのだな、とイリアスの唇がひっそりと吊り上がった。自分の予定を決める義務感とは異なり、未来への高揚感と期待感にじわじわと心が満たされる。

目当ての場所を目指す道中で、屋台通りを過ぎた。通りすがりに目をやれば、ちょうど昼時のためか、屋台は軒並みかなりの賑《にぎ》わいとなっている。

時代も随分変わったものだ。父親世代であれば食べ歩きなんて野蛮な行為、言語道断だと切り捨てられていただろう。しかし、最近ではそれなりの恰好《かっこう》をした若者たちが抵抗なく屋台の料理を口にするようになったのだから、わからないものだ。

簡易的なベンチや道端で楽しげに食事をする男女を目にして、屋台料理という選択肢もあったのか、とイリアスは新鮮な発見をする。外食といえばレストランだという自分の発想は、凝り固まっていたのかもしれない。

そこまで反省してから、思い直した。――街に不慣れな彼女に、いきなりの屋台体験は刺激が強すぎる。だから、今回はレストランという選択肢が適切だ。屋台は、また今度行けば良い。

そんなふうに結論を出してから、自分が「また今度」を自然に考えていたことに気がつく。

今回一回限りのイベントではなく、これから何度も訪れる機会。それを思って心がそわそわと浮き立つのは、この外出が予想以上に楽しいからだろうか。

「あっ……すみません、通ります……！」

ミラベルの声が、随分と後ろから聞こえた。ふと振り向けば、大勢の人ごみにまぎれ、彼女との距離はだいぶ離れてしまっている。

まだまだ人の多さに慣れないミラベルは、為す術なく大勢の人間の中にどんどん埋もれていく。

イリアスと離れたことには気づいて慌てているようだが、この人ごみをかき分けて進むことができずに人の流れに溺れてしまっているようだ。徐々にその頭が群衆に呑まれて遠く、小さくなっていく。

ここで彼女とはぐれてしまっては、合流はかなり難しくなるだろう。慌てて踵を返し、ミラベルの手を摑んだ。

「まったく……危なっかしいな、君は。ほら、はぐれないように摑まって」

ぐいと強く手を引けば、バランスを崩したミラベルはイリアスの胸に簡単に飛び込んできた。華奢な身体が、すっぽりと腕の中に収まる。

「あ……、イリアス様、ありがとうございます……！」

その顔が今までにないほど近くて、イリアスは思わずバッと顔を背けた。

突然、心臓が大きく跳ね上がる。鼓動が、爆発するように追い立てられるように早くなっていく。

まるで全力疾走した後のようだ。

意図せずして密着した、柔らかい彼女の身体。触れる部分が奇妙な熱を持ったようで、慌てて身体を離す。自制心がざわりと揺すぶられるのを感じた。

「いや……確かにこの時間は人が多い。僕がエスコートするべきだった。申し訳ない」

目を逸らして、平常心を装いながら言葉を口にする。思考が置いていかれたまま口にしたその言葉は、まるで自分の声ではないようだった。

行こう、とまだふわふわした心地のまま、握った彼女の手を引いて歩き出す。自然と彼女と横並びで、寄り添うように歩き出す形となった。

(違う、別にはぐれないように手を握っているだけで、それ以上の意味があるわけでは……)

誰に向けたものでもない言い訳が、ぐるぐると脳内で駆け巡る。隣を歩くミラベルの顔を見ることができないまま、追い立てられるようにぐいぐい歩き出す。

そんなイリアスに並ぼうと、隣のミラベルが少し駆け足になった。必死に彼に追いつこうとする健気《けなげ》なその姿に、ふっと溜め息のような笑い声が口をついて出た。

こぼれ出た笑みと共に、少し気持ちが緩む。そこでようやく、自分の妙な焦りを客観的に受け止めることができるようになった。

彼女の歩みに合わせるように、歩調を緩める。ほっとしたようにミラベルの表情が緩んだ。

包み込むように握っていた、ミラベルの小さな手。

まるで子供が自分の宝物を取られまいとするように、知らず知らずのうちにイリアスはその手を強く握りしめていた。握りつぶしてしまいそうなほどに、強く。

離れることを恐れながらも、その握りしめる手を少し緩める。するりと抜け出た彼女の手が、キュッとイリアスの手を握り返してくれる。

——その瞬間、まるで稲妻に打たれたかのような衝撃に、イリアスは思わず目を見開いた。

まるで心臓を優しく握られたかのような、息が止まるほどの感覚。そのあとにじわじわと沸き起こる喉がひりつくような多幸感。

——そこからレストランまでの道のりを、イリアスはよく覚えていない。

わかるのは、終始上の空のまま、宙を踏むような気持ちで過ごしていたことだけだ。食事の味など、まったくわからなかった。

ようやくまともな思考回路に戻ったのは、それから食事を終えて席を立つタイミングになってのことだった。


店員に見送られて、レストランを後にする。外に出たところで、先を歩いていたミラベルの足が止まった。

これからどうしましょう、と視線で問いかけられ、慌てて頭を働かせる。

今日は彼女に街を楽しんでもらうための日なのだ。自分が、しっかりと彼女をエスコートしなければ。

使命感で無理やりに自分を律して、イリアスはもともと予定していた行程を思い出す。

「ここから、ちょうど商業区になる。先ほどの露店は各地を旅する行商人によるものだが、ここは街中に居を構えた伝統ある専門店が多いんだ。今度は、ここにある店を見て回ろうと思うんだが……どうだろうか」

「どんなお店があるのですか？」

「大抵のものは揃っている。装飾品も、服も、菓子も。……どこから回りたい？」

少し考えてから、ミラベルは口を開く。

「普段、イリアス様はこちらではどんなお店に行かれるのでしょう？」

「そうだな、僕が顔を出すのは……あの、宝飾店だな」

「あそこのお店……ですか？」

ミラベルが意外そうな表情で店を指さす。

その先にあるのは、女性向けを意識した、高級感のある洒落《しゃれ》た宝飾店だ。

女性客がほとんどを占める華やかなその店は、質実剛健なイリアスとはイメージが合わないと、ミラベルは目を丸くする。

そんな素直な反応に、思わず唇がほころんだ。

「そう。あの店は装飾品の加工を専門としているのだけれど、宝石だけでなく魔石も取り扱っているんだ。魔石の専門店は少ないから、重宝している。……実のところ、魔石の収集は僕の数少ない趣味でね」

「ご一緒しても、よろしいですか？」

「僕は構わないけれど……」

せっかくの彼女のための時間を自分の趣味に使ってしまって良いのだろうかと悩んだが、久々に魔石を鑑賞したいという誘惑には勝てなかった。

もしミラベルが魔石に興味が持てなくても、本来の売り物であるジュエリーを見ていれば時間は潰せるだろう。そう判断して頷く。……そういえば、誰かと一緒にこのお店に入るのは初めてだ。


店内に足を踏み入れれば、目ざとくイリアスを認識した店主がにこやかに近寄ってくる。

「お久しぶりです、イリアス様。イリアス様のお気に召しそうな魔石、お取り置きしてありますよ。大粒のクリスタル、しかも、無属性・無加工のものです！」

「ほぅ、それはすごいな！　ぜひ見せてくれ」

ここの店主は、イリアスと同じく魔石収集の愛好家だ。

この店は一般受けの良い宝飾店を標榜《ひょうぼう》しながら、その傍らで店のツテを使って魔石を集めている。そのために親の店を継いだのだと公言しているだけあって、この店の魔石はどれも質が良い。

店主が持ってきた魔石を、イリアスは前のめりで鑑定し始める。

「ほぅ、この透明度……時代は……、硬度は……」

思いがけない掘り出し物に、店主との話が弾んだ。久々の趣味仲間との会話。ひと通り話に夢中になってから、今日は普段と違って一人ではないことを思い出した。

「っ、すまない、自分の趣味に熱狂しすぎてしまった」

気まずい思いを抱えながら、慌てて振り返ってミラベルへ謝罪の言葉を口にする。

普段女性と出かける機会のないイリアス。予定を立てるにあたって、そんな主人を慮ったクロードからはミラベルのことを第一に、彼女が楽しめるような一日を、と口を酸っぱくして言われていた。

その時は「当たり前だ」と平然と答えていたというのに……いつの間にか、彼女の優しさに甘えて自分の楽しみを優先させてしまっていた。これでは、クロードに顔向けできない。己の対応のまずさに、冷や汗がにじむ。

しかし、機嫌を損ねたかと思ったミラベルは、意外にもにっこりと笑って首を振った。

「いいえ、イリアス様があまりに楽しそうなので、新鮮な気持ちで見ておりました。もしよろしければ、私にもわかるように魔石のことを教えていただけませんか？」

「！　それはもちろん！」

予想外の嬉しい反応に、単純ながらも心がついつい浮き立つ。彼の趣味は、なかなか理解者がいないのだ。

「基本的なところから説明すると、魔石というのは自然にできた魔力の貯蔵庫のようなものなんだ。しかし、実はこの魔力を貯める仕組みは現在の技術でもなかなか解明ができていなくて……」

興味深そうに耳を傾けるミラベルを前に、どんどん舌が滑らかになっていく。

「特に無属性の魔石は貴重で、この性質を応用できるようになれば、きっと国家魔術のための魔力貯蔵の手法も……」

説明したいことは、たくさんある。本人も気づいていなかったが、実のところイリアスは己の好きなものについて存分に語りたいという欲求を抱えていたのだ。

「ということで、魔石は古くからマジックアイテムとして利用されることが多く、そのために無加工のものは大変貴重で、その点から見てもこの品は……」

――たっぷり三十分は語っただろうか。

思うがままに語りつくした充実感に酔《よ》いしれながら、イリアスはほっと一息つく。縁のない世界の話だろうに、ミラベルはその間中ずっと真剣な顔で傾聴する姿勢を保ち続けていた。

「……興味のない話で、退屈させてしまわなかっただろうか。少し熱が入ってしまったが」

「いいえ、まったく！　イリアス様の好きなものについて知ることができて、嬉しいです」

「そういうもの……だろうか」

キラキラとした笑顔で述べるミラベルの言葉に嘘はなさそうだが、その感覚はわからない。

ふふっとミラベルは明るく微笑んで、イリアスの顔を見上げた。

「ええ。そういうもの、です」

それにしても、と、ミラベルは感心したように宝飾店をぐるりと見まわして言葉を続けた。

「魔石って、こんな綺麗なものもあるのですね。それぞれに特徴もいっぱいあって……とても勉強になりました。今まで、薬草肥料としての魔石しか知らなかったので……」

「ほぅ、魔石にはそんな使い道もあるのか」

ミラベルの口にした思いがけない方向への話題の展開に、イリアスの興味もついつい惹《ひ》かれる。

「とは言っても、こちらのお店に並んでいるような大きさではなくもっと砂利《じゃり》に近くて、色も濁ったものが多いので同一に扱うのは失礼かもしれませんが……」

「ふむ。成長しなかった屑石か、それとも加工途中で出た削り屑の再利用かな。……それにしても、薬草畑に魔石を使うというのは初めて聞いた。僕は薬草学にはあまり詳しくないんだが、その薬草肥料として魔石を利用するというのは、一般的な話なのだろうか」

「どうでしょう……庭師にお願いしたらすぐ手配してくれたので、肥料として広く出回っているのではないかと思いますが……」

　自分の趣味の話を聞いてもらえるのは、楽しい。しかし、自分の話が相手の話へと繋がり、新しい世界を知ることができるのはそれ以上に魅力的で、至福の時間となる。

　話はどこまでも盛り上がり、やがてイリアスは普段なら目もくれないジュエリーの棚までミラベルとじっくり見て回っていた。

　今までの自分らしからぬ行動に、我ながら驚きを禁じ得ない。それでも、興味がないはずのジュエリーを吟味する時間も、何故か今は快かった。

　自分らしくない行動はそれだけではない。イリアスは、ミラベルが席を外したタイミングを見計らってこっそり彼女のためのプレゼントまで購入していた。

（いや、他意はないんだ、他意は……ただ、僕の趣味に付き合わせてしまったことに対するお詫《わ》びというだけで……）

　そんなことを心の中で言い訳しながらも、こっそり買ったサプライズプレゼントというのは胸を高鳴らせる。

　――以前、婚約記念品をカネで解決しようとしていたことをふと思い出した。その時は彼女に個人的なプレゼントをすることなど有り得ないと断じていたというのに、なかなかどうして、己がここまで変貌することになろうとは。しかもその変化を気持ちよいと感じてしまうのだから、始末に負えない。

宝飾店を後にしたイリアスの足取りは、まだ夢の中にいるような満足感の中を漂っていた。

しかし、自分ばかり楽しんでいるのは、よろしくない。今度こそ彼女を喜ばせてあげたいと、イリアスは咳払いして場を仕切りなおす。

「僕の趣味に付き合わせてしまって、すまない。次の店は、君の趣味に合わせよう。どこか行ってみたい場所、買いたいものはあるかい？」

それを聞いて、ミラベルは少しだけ躊躇いを見せる。しかしイリアスの視線に促され、しばらくしておずおずと口を開いた。

「私、お屋敷に来てからお裁縫が趣味になったんです。その、イリアス様の好みには合わないかもしれませんが、布やレース糸を扱うお店に行ってみたいのですが……」

手芸用品店に着いた途端、ミラベルとイリアスの立場は先ほどと正反対となった。

――すなわち、商品の並びに興奮し我を忘れるほどの喜びを見せるミラベルと、それを微笑ましく見守るイリアスという構図である。

「すごい、イリアス様！　ご覧ください、この色とりどりのグラデーション豊かな刺繍糸！　微妙な色合いまで潤沢にそろっています！　そしてこの、美しいレース糸、素敵な布地！　うわぁ……来て良かった……！」

突進するような勢いで商品棚へと向かい、あれもこれもと物色を始めるミラベル。その良さがイリアスには全くわからないが、彼女が喜んでいる姿を見るとそれだけで心がほっこり温まる。

——なるほど、先ほどの彼女の気持ちはこんな感じだったのか。遅まきながら納得を覚える。

「その糸の、何が良いんだい？」

彼女の喜びの一端だけでも理解したいと声を掛ければ、喜色満面のミラベルは嬉しそうに手にした刺繍糸を掲げる。

「たとえばこの、深紅より少し暗いこの色味！　これを刺繍のメインで使うと重くなってしまいますが、薔薇の影になる箇所などに部分的に使えば、モチーフがぐっと立体的になることでしょう。そして驚くべきは、この光沢です！　染料に何か秘密があるのでしょうか、鮮やかで艶があり、高級感と気品があります。きっとこの糸で刺繍したら、それだけで作品の質が一段上がることでしょう……！」

「わかった、この棚の糸を一式全部買おう。……一かせずつで足りるだろうか？」

「へ？」

うっとりと夢見るように糸を眺めるミラベルを前に、イリアスはあっさりと言い放った。さっそく店員を呼びつけようと合図をする彼の腕に、慌てたようにミラベルが縋《すが》り付く。

「そ、そういうわけには……！」

「どうしてだ？　糸なんて、そんな高価なものでもない。君が欲しいのなら買えばよいだろう。遠慮はするなと言ったはずだ」

「ですが、それは……！」

恐縮するミラベルを困ったように見下ろしていたイリアスはやがて、「わかった」と閃《ひらめ》いたように顔を上げた。

「それなら、僕のハンカチに刺繍をしてくれないか。この糸で」

「……！　それはもちろん、喜んで……！」

遠慮する素振りを見せながらも嬉しさを隠しきれないミラベルを見て、会心の笑みが浮かぶ。

「なら、問題ないな。この棚の糸、全部もらおう」

「全部って……それは……っ」

まだ何か言おうとする彼女を制して、イリアスは涼しい顔で店員への指示を済ませる。

「そういえば、今はどんな作品を作っているんだ？」

「ベッドカバーに、トレヴァー家の家紋の刺繍を練習中で……ってイリアス様、そんなに買ってもらうわけにはには……！」

「僕に恥をかかせるなと言っただろう。買い物の件はこれでおしまいだ。……それにしても、ウチの家紋は刺繍するには難しいんじゃないのか？　結構複雑な形をしているだろう」

無理やり話を繋げれば、恐縮しながらもミラベルは頷いた。

「そうですね。杖《つえ》と剣を中央に、月桂樹《げっけいじゅ》の枝が絡まるように左右に広がるモチーフ……あの家紋はとても素敵ですが、絵のバランスが非常に難しくて……ひとまず中央の杖部分を終えたので今は、それを中心に月桂樹が綺麗に配置できるように頑張っているところです」

「そうか。上手く出来上がると良いな。ちなみにあの家紋のモチーフの意味は知っているだろうか。あれは……」

彼女の趣味の話から発展したモチーフの話は、ミラベルの興味を大いにそそったらしい。さまざまなモチーフの意味を知り、次の作品に繋げたいと目を輝かせる。

「そんなに興味があるなら今度、装飾紋の本をプレゼントしよう」

「本当ですか！　ありがとうございます！」

楽しそうに会話をしながら寄り添って歩く二人。

会話を通じて徐々に自然体になっていった二人の姿にはもう、最初の頃の余所余所しい距離感はない。仲睦《なかむつ》まじく、リラックスした表情で肩を並べている。その手も、いつの間にか自然に握り合っていた。

「その……まだ少し時間があれば、先ほど通り過ぎた仕立て屋も寄ってみたいのですが……」

「時間なら、まだ大丈夫だ。行こうか」

――最後にミラベルが希望した店は、意外にも紳士服専門の仕立て屋であった。

「ここで良いのか？　君に合うものはなさそうだが……」

てっきりミラベルの服を見るものだと思ったイリアスは面食らうが、ミラベルはにっこりと頷く。

「ええ。先ほど見たときに、思ったんです。あの長上着《ジュストコール》、イリアス様に似合いそうだなって」

にこやかに彼女が指さした先にあるのは、ショーウインドウに飾られた紺色の長上着であった。

「お目が高い！　お客様のように背が高くすらりとした方であれば、こちらの商品はぴったり合うことでしょう。試しに羽織ってみてはいかがですか？」

「きっとお似合いだと思います……！」

客を逃すまいと店から飛び出てきた店員と期待に満ちた表情のミラベルに挟まれ、イリアスは肩をすくめた。

これで彼女が喜ぶなら、安いものだ。大人しく渡された長上着を受け取り、店の中へと足を踏み入れる。

さほどの時間もかからず、長上着を羽織って試着のブースから出た。

「やっぱり……」

――着替えたイリアスを迎えたのは、ミラベルの不可思議な感嘆だった。嬉しそうなその表情を見れば喜んでいるのはわかるのだが、何が「やっぱり」なのやら。

不可解そうにしたイリアスの表情を読み取ったように、ミラベルは言葉を続ける。

「イリアス様は普段白い服をお召しになることが多いですが、きっと暗い色も似合うと前々から思っていたんです。思った通り……月の光のような銀色の御髪《おぐし》が、濃紺の生地によく映えます。折り返しの銀ボタンと相まって、美しい夜空の景色のようですね。素敵です」

ミラベルは瞳を輝かせて、賛辞の言葉を贈る。そのまっすぐな賞賛がこそばゆく、そわそわした落

ち着かない気持ちになる。

「確かにウチの制服は白の軍服だから、こういった濃い色の服を着ることはあまりないかもしれない。……ふむ。君は、こういう服が似合うと言うんだね？」

「ええ。よくお似合いです。あまり目にしないお姿で、新鮮さもありますし」

「そうか……」

少し考えてから、イリアスは顔を上げた。

「じゃあ、今日はひとまずこれを買おう。そして、次に街に来るときはお互いの服を見繕うというのはどうだろう。きっと、面白い体験になるだろう」

「それは、とても楽しそうですね。私、イリアス様に合いそうなお洋服ならたくさん思いつきますから」

例えば……、と、指を折り曲げながらわくわくとアイデアを上げるミラベル。それに頷いて相槌を打ちながら、イリアスはさらりと次回の約束が取り付けられたことに内心で快哉《かいさい》を叫ぶ。

「そうか。それは、楽しみだ。僕はあまり女性の服に詳しくはないんだが……君の場合は長袖でスカートの裾の長い、クラシカルなドレスが映えるとは思っている。同僚に、腕の良いデザイナーを聞いておこう」

今までミラベルの服は使用人に任せきりにしてしまっていたが、これを機にプレゼントを考えても良いな、とイリアスは思考を巡らせる。

自分の選んだ服にミラベルが袖を通すことを思うと、まんざらでもない気持ちになる。彼女の生活の一部に自分がいるというのは、妙に満ち足りた感覚がするものだ。今日一日で、彼女との距離はだいぶ縮まった。そうした行動に出ても、不自然ではないだろう。

伝票にサインを終えて、店を後にする。せっかくなので長上着はそのまま着て帰ることにした。

いつもより背筋が伸びる。今まで異性の視線を気にしたことはなかったが……ミラベルが喜ぶ装い、というのは何故特別なものに感じられるのだろう。


「さて、そろそろ迎えの馬車が来る時間だ。帰ろうか」

名残《なご》惜《り》しく感じながらも、街の外へ足を向け始めた。

暮れなずむ空。オレンジ色の太陽はじりじりと高度を下げ、街を夕焼け色に染めていく。

楽しかった一日も、もう終わりへと近づいていた。

「今日は、貴重なお時間を本当にありがとうございました。とても楽しかったです」

ミラベルが眩しそうな顔でイリアスを仰いだ。その顔は幸せにほころんでいて、それだけで連れてきて良かったという達成感がこみあげてくる。

「ああ。僕も意外に満喫できた。何度も来ているはずの場所なのに、こんなに新鮮な気持ちになるとは思わなかったな。……君の、思いがけない一面を見ることもできたし」

無邪気な笑顔や趣味に対する行動力など……普段の会話だけでは目にすることのできない、彼女の素の一面に触れることができた。

お互いの距離も、少し近づいたのではないかと思う。

「私も、少し意外でした。イリアス様って、こんなに笑う方だったんですね」

素直なミラベルの呟きに、イリアスは少し苦い笑みを浮かべる。

「自分でも驚いているよ。僕は……、仕事や貴族としての重圧の中で大切なものを見失っていたみたいだ。余裕がない所為で、君にも失礼な態度ばかりとっていた。……改めてお詫びを言わせてくれないか。今まで本当にすまなかった」

仕事上でも滅多に頭を下げることはないのに、謝罪は自然に口をついて出た。

――今振り返ると恥ずかしさでのたうちまわりたくなる、これまでの非礼の数々。よくもまぁ、こんな態度の男のために働いてくれたものだ。

だというのに、ミラベルは慌てて首を振る。

「そんな！　失礼な態度だなんて思ったことはありません。イリアス様のおかげで、今の私があるんです。本当に、感謝しています」

「感謝……か、」

イリアスの呟きには、そこはかとない失望が滲《にじ》んだ。

謝罪を受け入れてもらったというのに何に対して失望するというのだろう。自身の感情を見極められぬまま、イリアスは沈みだした血のように赤い夕陽に目をやる。

――迎えの馬車が来るまでに、まだ少し掛かりそうだ。手の中にあるものを渡すなら、今だろう。

イリアスの手に握られているのは、先ほどの宝飾店でこっそりと買った髪飾り。

薄紫の繊細な硝子《がらす》細工の花を冠したこの髪飾りを目にした瞬間から、イリアスはこれを彼女の髪に飾りたいという衝動に駆られていた。この色合いは、きっと彼女の明るい金髪によく似合うことだろう。

その姿を想像しただけで、自然と表情が緩む。正真正銘の、彼女のことを想って買った『初めてのプレゼント』。きっと喜んでくれるに違いない。

「今日は楽しかった。今日の記念にもし良かったらこれを……」

そう言いながら彼女の髪に髪飾りを挿そうと、何気なく頭に手を伸ばした、その瞬間。

「ひっ、」

ミラベルは怯えたように、びくりと身体を引いた。

まるでイリアスに触られることを恐れるかのようにその手を避け、目をぎゅっと瞑って身を縮めるミラベル。

イリアスのことを信用していないのだと、言葉にならずとも伝わってくる警戒の姿勢。

……その姿を見た途端、すぅっと頭が冷えた。

一瞬心臓がぎゅぅっと苦しくなった後、臓腑《ぞうふ》からふつふつとしたどす黒い感情が湧き上がる。

(感謝していると抜かしたその傍らで、僕に触られるのを恐れるのか……!?)

「あっ、失礼しました……っ!」

完全に反射的な行動だったらしい。

ハッとしたミラベルが、慌てて謝罪を述べようとする。

「……もう良い」

その焦った態度が却《かえ》って彼女の本心を透けさせているようで、イリアスはくるりと背を向けた。

胸のむかつきが抑えられない。どす黒い気持ちにどんどん思考が塗り潰されていく。

彼女が困ったようにこちらを窺っているのはわかっていたが、もう知るものか。

親しくなれたと思ったのに。心を許していたのは、自分だけだったなんて。

拒まれた。

怖がられた。

嫌われた。

ああ、それはなんて苦しくて憎らしい事実だろう。

昏い感情に打ちのめされ、何もかもが嫌になる。

そのままイリアスは彼女と目を合わせず、一言も口を利かずに家路へと就いたのだった……。

●第八章

「旦那様、ま～た帰りが遅くなられて……」

外出から数日経って。

ミラベルの髪を結いながら、マーサは大きな溜め息をついた。

「ごめんなさい、私が失礼な態度をとったから……」

あれから彼は露骨なまでにミラベルを避けるようになり、一緒に夜食をとることもなくなってしまった。

仕事から帰る時間も最近はだいぶ早くなってきていたのに、また昔に逆戻りだ。

本当はもう一度顔を合わせて謝りたいのだが、その所為でイリアスと言葉を交わすことすらできずにいる。

「もしそうだとしても、たった一回の失敗でそんな態度をとる旦那様の方が悪いに決まっています！　まったく、旦那様も何を拗《す》ねているのやら……」

「拗ねている？　怒っているのではなくて？」

「いーえ！　あれは拗ねてるだけです。まったく旦那様ったら子供なんだから……！　ですから、ミラベル様もあまりご自分を責めないでくださいね？」

「ええ、ありがとう……」

マーサにはそう返しながらも、ミラベルの表情は晴れない。

――そんなふうに塞ぎこむミラベルを引き戻したのは、家庭教師の提案だった。

「お手紙を書くというのはいかがでしょう」

出過ぎた真似にならないようにと配慮しながらも、可愛い生徒を心配して家庭教師は口を出す。

「お伝えしたいことがあるのになかなか会えない場合、手紙というのは非常に有効な方法です。今までお教えしたマナーのおさらいにもなりますし、良い機会でしょう。授業の一環として、どうぞ実践してみてください」

もっとも、と家庭教師は茶目っ気たっぷりに片目をつぶって付け加える。

「……お二人のお手紙を私が添削することはできませんが」

最後の一言は、家庭教師なりの冗談だ。ミラベルはくすりと上品に笑ってから、力強く頷いてみせる。

「お手紙……確かにその通りね。良い考えをありがとう。少し視界が開けた気分」

「私も、応援していますよ」

すっかり貴族らしい振る舞いが身に付いてきたミラベル。

その努力を目の前で見てきた家庭教師は、頑張り屋の彼女に心からのエールを送る。こんな健気な女性を前に、イリアスは何を不満に思っているのだろうと内心やきもきしながら。

○　○　○　○　○　○　○

「ワン、ツー、スリー、ワン、ツー、スリー……」

薄暗いダンスホールに響く声。

もう家庭教師も帰り、陽もすっかり沈んだ時分。

既に今日の課題は終わっているというのに、ミラベルは時を忘れたかのようにダンスの練習に打ち込んでいた。

淑女教育の中でも、ダンスは特に苦手な部類だ。正確なステップばかりに意識を囚われてしまうと、音楽に遅れがちになってしまう。

もっと考えなくても身体が動くようにステップに慣れなくては。そう一心不乱に練習を繰り返しながら、ミラベルは想いを馳せる。

（お手紙……何を伝えれば良いのかしら……）

あれから一日中、机に向かって手紙を書いているのだが……書いてはやり直し、書いてはやり直しを繰り返すばかりで、手紙は一向に完成しなかった。

書きたいことはたくさんあるのに、いざ伝えようとすると適切な言葉が出てこないのだ。この感情を、どう伝えれば良いのか。

心を砕いて自分に色々な配慮をしてくれたイリアスのことを思えば、言い表せないほどの感謝の気持ちと温かな想いが溢れてくる。

もとより、幸せになることは諦めていた身だ。契約結婚の相手になどぞんざいに扱われても当然だと思っていた。

——そんな中で手にした、思いがけない幸福。

初めて手に入れた、自分の居場所。

それを与えてくれたイリアスに尽くしたいと願った。

感謝の念は、やがて親愛の情へとその身を変えた。

共に過ごすうちに彼の表情が和らいでいったことが、どれほどミラベルにとって嬉しかったか。

眉間の皺が消え、表情から険しさが消えたイリアスは、女性のミラベルから見ても非常に整った顔立ちをしていた。

真っ先に思い出されるのは、初めてスープを口にした時に見せた恍惚《こうこつ》とした微笑み。

切れ長で一見冷たい彼の瞳。それが喜びで細められるとあんなにも甘い表情になるなんて、きっと限られた人しか知らないはずだ。

そう思うだけで、ミラベルの胸の奥にはぽっと温かな光が灯る。

彼の人となりも、段々と見えてきた。

合理的な方なのに自分のこととなるとからきしで……、そんな彼を支えたいと思った。

段々とミラベルに笑顔を向けてくれることが増え、真心が通じる喜びに胸が熱くなったものだ。

彼との外出は、幸せの絶頂だった。

——それなのに。

（それなのに私が、台無しにしてしまった）

目の前が暗くなる。

耳が、キーンとつんざくような音に貫かれる。

足元が……ふらつく。

（……あれ？）

それが比喩ではなく紛れもない身体の不調だ、と気が付いたときにはもう遅かった。

身体の支え方がわからなくなった。

頭がいやに、重い。

踊るのをやめたというのに、視界は相変わらずクラクラと回り続けている。

（どう……して……）

思考が定まらない。頭が……痛い。骨が凍りついたように身体の芯が寒い。

ドサリ、と重たい音がダンスホールに響いた。

それが自身の身体が床に倒れ込んだ音だ、と気付くより前にミラベルの意識は闇へと沈んでいった
……。

○　○　○　○　○　○　○

一方、その頃。

仕事に区切りを付け、帰り支度を始めたイリアスに、後ろから声を掛ける者がいた。

「おう、お疲れさん」

「師団長。最近は遅いんですね」

忌憚《きたん》ない部下の言葉に、肩を竦めてヴィンセントはおどけてみせる。

「なぁに、ちょっと城の方で飲み会があってな。その帰り道なだけさ」

「飲み会、ですか……」

ヴィンセントが呼ばれる王宮の晩餐なんて、王族が関係するパーティー以外ありえない。それを「飲み会」呼ばわりする彼の図太さに、イリアスは思わず呆れてしまう。

「それで、この時間でもお前なら残ってると思ってついでに寄ったんだ。……コレ、お前のだろ？」

そう言って目の前に無造作に突き出されたのは、ミラベルに渡すつもりだったあの髪飾り。

「これは……捨てたはずじゃ……」

予想外の品に、思わず本音が洩れる。

「まぁゴミ箱に捨ててあったらしいけどな。綺麗に包まれていてどう見てもプレゼントって感じだったから、清掃係がわざわざ届けてくれたんだ。……これ、例の婚約者に贈るんじゃないのか？」

「……いいえ。お気遣いなく。もう済んだ話です」

一瞬言葉に詰まったが、髪飾りには手を伸ばそうとせず冷静にそう首を振る。

わっかんないなぁ、とヴィンセントが大袈裟に溜め息をついた。

「お前さん、婚約が決まってから随分と幸せそうだったじゃないか。……喧嘩《けんか》でもしたのか？」

「プライベートの話ですよ、師団長殿」

やんわりと質問を拒むが、ヴィンセントは怯まない。

「いやいや、最近は家に帰る時間も早くなったと、お前の部下たちも喜んでたんだぞ？　プライベートの充実は仕事の成果にも関わってくる。俺の関与する余地もあるってもんだ。――なぁに、恋人との喧嘩なんて、大概はちょっとしたボタンの掛け違いで拗《こじ》れてるだけだ。ちゃんと相手に向き合って話をすれば、解決の糸口は自然と見えてくる……」

「師団長のところと違ってウチは政略結婚ですから。別にそれなりの関係が保てれば、それで構わないんです」

早くこの話を切り上げたい一心で、イリアスは熱心に語り出したヴィンセントの話を遮った。

しかし、その言葉を聞いて、ヴィンセントはますます困惑した表情を見せる。

「お前さん、こんなプレゼントをしようとしたくせに……まだそんなことを言ってんのか？」

「？　どういう意味です？」

今度こそ完全に呆れた顔で、ヴィンセントは言い放つ。

「あきれたな、本当に気づいてなかったのか。……自分の瞳と同じ色のアクセサリーを身につけて欲しいだなんて、どう見ても恋に溺れた男の独占欲の表れじゃないか」

――それから、ヴィンセントとどんな言葉を交わしたのか覚えていない。

気付けばイリアスは、ふらふらと屋敷への帰路についていた。

「恋に溺れた男の独占欲」。

ヴィンセントの言葉を頭の中で何度も打ち消すが、最初に感じた「ああ、そうか」という納得感はいつまでたっても覆せない。

今まで感じたことのない、激情の奔流。どうしたって彼女のことばかり気になってしまうこの執着の理由が、その所為なのだとしたら……。

(――馬鹿馬鹿しい。予想外のことを言われて、混乱してるだけだ。帰って、落ち着いて頭を冷やそう)

堂々巡りをする思考を無理矢理追い払って、たどり着いた屋敷の扉に手をかける。

――ふと、いつもと違う気配に気がついた。

普段ならほとんどの使用人たちが休んでいる時間。だというのにどういう訳か、今日の屋敷は妙に明るい。

煌々《こうこう》と灯りが溢れる我が家はどことなく不吉だ。不気味な感覚を覚えながら、イリアスは後ろ手で扉を閉める。

毎晩主人の帰宅を察して彼を迎えるはずのクロードは、なかなか現れない。仕方なく、イリアスは手持ち無沙汰にその場に佇む。

屋敷の奥からは、マーサが指示を出す声や使用人たちがぱたぱた走り回る足音が漏れ聞こえる。

何が起きているのかはわからないまま、ただ慌ただしい気配だけが伝わってくる。

少しだけその場に留《とど》まったが、誰も出てくる気配はない。

イリアスは肩を竦めて、一人自室へと歩き始めた。

「っ！　おかえりなさいませ、旦那様！」

その道中で、ようやく一人のメイドとすれ違った。

「ずいぶんと屋敷の中が騒がしいが……何かあったのか？」

メイドの顔が、悲しげにくしゃりと歪んだ。

「それが、ミラベル様が倒れてしまわれて……！」

「……何だって？」

返ってきた言葉に、すうっと背筋が冷えた。

周囲の音が、突然遠ざかっていく。

——気付けば、イリアスは息をすることも忘れてミラベルの部屋へと向かっていた。

●第九章

ノックをすることも忘れて、バンッと勢いよく部屋の扉を開け放つ。

中に控えたクロードとマーサが驚いたように振り返り、イリアスを認めて静かに目礼した。

彼らの落ち着いた様子を見て、少し頭が冷える。ノックもしないで押し入った不作法に気がついて、それをごまかすようにこほんと咳払いをした。

「……彼女の様子は」

声を落としてクロードに尋ねる。主人の狼狽《ろうばい》を見守る二人の視線は生温《なまぬる》いが、そこまで取り繕う余裕はない。

「今ちょうど、お医者様が見えたところです。熱も下がりましたし、素人目《しろうとめ》には容態は落ち着いているように見えますが……ひとまずお医者様の診察が終わらないことには、なんとも」

そうか、と大きな息を吐いた。

そこまで最悪の事態ではないようで、良かった。緊張が解けて、どっと疲労が押し寄せてくる。

とりあえず医者の見立てが出るまではここで待とう、と手近な椅子を引く。

そうして座った目の前にある文机は、きちんと整頓された室内で唯一人間らしい乱雑さを残していた。

直前まで書き物作業でもしていたのだろうか。散らばった紙には、几帳面な字が並んでいる。

他人の私書を覗き見るのは良くない、と目を逸らそうとしたところで、『イリアス様へ』という宛名がはっと目に飛び込んできた。

思わず紙を手に取る。

後ろから静かにクロードが言葉を添えた。

「お読みになってください。ミラベル様が渡せずにいたお手紙の数々です」

――数々？

その声に促され、イリアスは文面へと目を走らせた……。


一通目は、この屋敷に来てからの幸せを綴《つづ》ったものだった。

自身の境遇が受け入れられた驚き、学びを得られる喜び、こんな自分を気にかけてくれるありがたさ……それら全てを用意してくれたイリアスへの感謝の気持ちと、そんなイリアスのために全身全霊で尽くしたい、役に立ちたいというミラベルの熱い思いが述べられ……そして、途中で手紙はぷつりと途絶えていた。

何とも言えない気持ちで二通目を手に取る。

二通目は、先日の非礼を詫びる文章から始まっていた。

彼女にはトラウマがあり（それが彼女の生家での虐待のことだとイリアスは正確に読み取った）男性が腕を上げると思わず身が竦んでしまうこと、イリアスのことを信用していないのではなくむしろ誠実で優しい方だと思っていること、それなのに反射的にあんな態度を取ってしまって自己嫌悪に陥っていること、イリアスの怒りは当然だと思うこと……そういった内容が記され、そしてやはり文面は途中で終わっていた。

三通目は、先日の外出がいかに楽しいものだったかを語っていた。

印象深い出来事、新鮮な街の人の暮らし、美しい街並み……それをイリアスと経験した喜び。彼女の歓喜を表すように、先日の出来事はまるで目の前で繰り広げられているかのように活き活きと描かれていた。

四通目はイリアスの体調を気遣うものだった。五通目は、六通目は……。

全部で十五通の手紙に目を通したイリアスは、眉間を押さえながら思わず天井を見上げた。

十五通の手紙全てがイリアスに向けたものであり、その中身はイリアスを思いやる真心と感謝の念に溢れていた。

(それなのに僕は……くだらない感情に振り回されて……)

後悔と共に、身体がズルズルと背もたれへ崩れ落ちていく。

苦い想いは呑み下せないまま、イリアスの口内へと広がっていく。

——それでも。

(彼女に拒まれた訳ではなかったのか)

愚かしいと思いながらも、後悔とは別に……紛うことなき安堵が、そこにはあって。

(本当に救いようのない阿呆《あほう》だな、僕は)

自嘲するように、唇を歪めた。

——もう、否定することはできなかった。僕は彼女を……。

物思いは、ぱたん、と開かれた扉の音で遮られた。現実に引き戻されたイリアスは、はっと寝室から出てきた男性に意識を戻す。

「少し、お話よろしいですかな」

白いローブを身にまとった男は、感情の読めない平坦《へいたん》な声で告げる。

「医師《せんせい》、彼女の様子は」

ずいと前に進み出て、イリアスはできる限り感情を抑えた声で尋ねる。

やれやれ、とどっかり腰を下ろした医師は眼鏡《めがね》を拭きながら淡々と答えた。

「まぁ、風邪《かぜ》と……疲れによる体調不良でしょうな。処置は終えましたから、数日間安静にしていれば大丈夫でしょう。ただ……」

「ただ……、何です？」

思わず詰め寄るような言い方になっていた。

一瞬面食らった表情をした医師は、しかし、すぐにその表情を打ち消して言葉を続ける。私情を見せないその姿勢は、医師として信頼ができるといって良いだろう。

「もともと身体が丈夫でないのか、疲れの所為もあるのか……本来持ち合わせている自己回復機能が彼女の場合、だいぶ損なわれているようです。このままだと、回復には相当時間が掛かるでしょう。また、今後も体調を崩しやすくなることが予想されます」

「何か……対策はあるのですか？」

「治癒魔術が効果的でしょう。イリアス様さえ問題なければ、私の方で今からその施術を取り計らいますが……」

「いや、その心配はない。それは僕がやります」

皆まで言わせずに、イリアスはきっぱりと答えた。

以前の会話を記憶している使用人たちが驚いたように顔を上げたのが視界の端で分かったが、イリアスは構わずに立ち上がる。

「診察、ありがとう。クロード、マーサ、医師《せんせい》のお見送りを。——それでは、僕はこれから治癒魔術に取り掛かるので」

挨拶もそこそこにミラベルの寝室へと歩き出したイリアス。残された三人はその勢いに呑まれて、ただただその後ろ姿を見送る。

そんな三人を尻目に、イリアスは真っ直ぐに寝室のドアへと突き進んだ。彼らに割く時間が、一秒でも惜しい。

振り返らずに後ろ手にドアを閉めた。

扉一枚を隔てただけだというのに、寝室はいやに静かだった。

ベッドに横たわるミラベルが、真っ先に目に飛び込んでくる。顔色を失くした彼女は、まるで置き物のように無機質にベッドの中で眠っている。

静かに眠る彼女の姿。それがまるで血の気のない人形のように見えて、イリアスはどきりとした。

そろそろと足音を忍ばせて枕元へ近づく。そこまで来てやっと、ゆっくりと上下する彼女の胸が確認できて、イリアスはほっと息をついた。

ベッドにかかる大きな刺繍で飾られたベッドカバーが目につく。

見覚えのない品だ。金色の糸で大きく刺繍されたこの紋様はトレヴァー家の家紋だが、こんなものが家にあっただろうか……。

少し考えてから、気がついた。これは……もしかして、先日の外出で彼女が話していた刺繍作品では？

（こんな短期間で完成させたのか……）

家庭教師やクロードからは、勉強に熱中しすぎで心配だという話も聞いていた。だというのに、それ以外にこんな手仕事にまで時間を割いていようとは……。

（それは……過労で倒れるわけだ）

思わず溜め息がでた。

（彼女が回復したら、もっと自分の身体を気遣うように忠告しなければ。仕事に熱中するのは立派だが、それで体調を崩しては元も子もない）

そこまで思ってから、ついつい苦笑いを浮かべてしまった。

――なんのことはない、それは今まで自分が周囲から言われていたものと同じ言葉だったのだから。

（似たもの同士、ということだろうか）

そんなくだらないことを考えてふっと息を洩らす。一度肩の力を抜いてから背筋を伸ばせば、自然と気持ちは切り替わる。

さあ、くだらない夢想はおしまいだ。治癒魔術は、かなりの集中力を必要とするのだから。

ミラベルの冷えた手を取った。細く、簡単に折れてしまいそうな華奢な白い手。

先日、手を取り合って街を歩いたことを思い出す。あの時と違って、手を握りしめても彼女が握り返してくれることはない。

力なく投げ出された彼女の手の冷たさに、ぎゅっと心臓が締め付けられる。彼女を失いたくない、と胸の裡で叫ぶ声が聞こえる。

それでも、心を乱してはいけない。大きく呼吸をし、意識を落ち着かせた。

目を閉じて、体内を巡る魔力を整え始める。……気が昂《たかぶ》っている所為だろうか、先程まであった疲労感はあまり感じられない。

いつも以上に滑らかに、自分の魔力を汲《く》み出すイメージが組み立てられていく。そのイメージを維持したまま、彼女の身体と混ざり合う感覚に意識を移していく。

自分の魔力がそっと彼女の体内《なか》に手を伸ばす。まるで、彼女という存在の核そのものに触れようとするかのように。

二人の輪郭が曖昧になり、触れ合った手が溶け合っていく。互いが混ざり合い、体内を灯《とも》す熱を分かち合う。

温かくて優しい、命の灯火《ともしび》。彼女と共有する、尊い光。

（これは……？）

やがて自分の魔力が彼女の身体を巡り始めるようになって、イリアスは奇妙な感覚に眉をひそめた。

身体の各所に、彼女のものでも自分のものでもない魔力の痕跡が残っていたからだ。

失礼だとは思ったが、ネグリジェの右袖を少しまくり上げて、その中の一つを確認した。うっすらと残る傷跡と、それに重ねるような魔力の跡が浮かび上がる。

じく、と胸の奥が痛んだ。

……そうだ。そういえば、彼女がここに来たばかりの頃に、傷の治療について使用人から相談を受けていた。自分は深く考えずに、医術師を手配するように指示をしたのだった。

自分ではない他人の魔力が彼女の裡に存在しているということに、言い表せない不快感を覚える。それを指示したのが紛れもない自分であることはわかっているはずなのに、それでも嫉妬の炎が燃え上がるのを止められない。勝手な独占欲と、どうしようもない後悔が膨れ上がっていく。

荒ぶる気持ちを押さえつけながら、イリアスはミラベルの手を握って更なる治癒魔術に没頭した。自分以外の存在が彼女の中に存在することなど許さないと、過去を上書きするようにその治療痕に己の魔力を注ぎ込む。

後先考えない魔力の消費は、自分の体調をも崩しかねない。そんなことは自分でもわかっていたが、それでも暴走ともいえるこの行動は止まらなかった。

彼女の傷ひとつひとつを包み、癒やし、命の源を吹き込む。彼女の肌に、過去の傷などひとつも残しはしない。

髪の毛一本一本から爪の先まで、彼女のすべてが自分のものであると主張するように、イリアスは念入りに魔力を流す。魔力の流れだけを見れば、もはやミラベルとイリアスの境目などわからないほ

どの献身ぶり。

（ああ……治癒魔術が発展しないわけだ）

集中したまま、イリアスは内心で独りごちた。

「治癒魔術は魂の同衾《どうきん》である」という考え方は、一部の貴族の間では当然のこととして見做《みな》されている。

結果、不貞の誹《そし》りを恐れて助かるはずの病人が治療を拒み、命を落とす事態まで起きているほどだ。

今までイリアスは、そんな連中を愚かだと切り捨てていた。

しかし理性ではどうしようもない感情があると知った今……イリアスにはもう彼らを嗤《わら》うことはできない。

――ただひとつの感情の発露が、ここまで物の見方を変えさせるものなのか。

他人事《ひとごと》のように、彼は自身の変化を振り返る。

彼をここまで変えた存在、ミラベル。

彼女がいる。ただそれだけで、世界はがらりと変貌した。今まで見えなかったものが鮮やかになり、良くも悪くもイリアスの心をかき乱し、彼を翻弄していく。

――もう自分は、以前のようには戻れない。たとえ、何があったとしても。

やがて、自分の魔力が滞りなく彼女の身体中を巡り出すのを感じた。最初に感じられた淀みや断絶はもう見られない。ここまで来れば、もう心配ないだろう。
ほぅ、と大きな息をついて身体を起こす。
「…………？」
そこで、大きな違和感に気がついた。
——それは彼女の体調の変化ではなく、自身にまつわる違和感。
思わず、治療を終えた自分の手をじっと見つめる。
——間違いない。今まで気づかなかったのが、不思議なくらいだ。
兆しは、最初からあったのだ。
振り返れば、彼女がこの屋敷に来てからずっと、この変化は起きていたのだから。
「ミラベル。もしかして、君は……——」
ただ静かに横たわる彼女に、届かないと分かっていてもつい声が上がった。
——無能令嬢なんて、とんでもない。そう、彼女の能力は……。

●第十章

華やかな王宮。

様々な色でひしめき合うダンスホール。

さんざめく人の気配。

気を緩めれば、その圧倒的な迫力に俯いてしまいそうになる。それを必死に叱咤し、ミラベルはしっかりと顔を上げた。

――今夜は、建国祭のパーティー。

どうして自分がここに居るのだろう、という想いは何度もミラベルの胸をよぎる。自分だけがひどく場違いな存在だと、迷子のような途方に暮れた気持ち。そんな想いを抱えながらも、ミラベルはイリアスにエスコートされて会場へと足を踏み入れた。

トレヴァー家に来てから、すでに半年ほどが経っていた。その間にイリアスに連れられて何度かパーティーの経験を積んできたが、今夜はその比ではない。

何しろ年に一度の、しかも一週間に亘《わた》る建国祭。しかもその最後を飾るフィナーレの日なのだ。

この最終日には国王陛下のお言葉をいただけることもあり、国中の貴族が集まって盛大な祝宴が催される。

規模も華やかさも、これまでのものとは段違いだった。

思わず怯んでしまったミラベルを勇気づけるかのように、エスコートする手が優しく彼女の手を握りしめた。

菫色の瞳が優しく、それでいて熱を帯びた色合いでミラベルを振り返る。

「胸を張って？　……大丈夫、この中でも君が一番綺麗だ」

――この人も随分と変わったよなぁ、と他人事のようにその瞳を見上げた。

割り切った関係でいよう、と言い出した張本人であるはずのイリアス。

そんな彼が手のひらを返したように愛を口にするようになったのも驚きだが、変わったのはミラベルに対する姿勢だけではない。

イリアスの仕草や雰囲気は、出会った頃と比べて格段に柔らかくなった。人を威圧するような冷たい態度、感情を無視した効率重視の語調はなくなり、良い意味で人間らしさが出てきている。

会話の最中で見せる笑みは温かく、そして優しい。日常の何気ないやりとりの中でもミラベルのことを常に思いやり、彼女を喜ばせようとする姿勢が表れていた。

常にミラベルを甘やかしていたいと、愛情に満ちた蕩かすような微笑みが、イリアスの表情を眩いばかりに甘く輝かせる。

「あんな素敵な方いたかしら？」「後でダンスを申し込みたいわ……」

通りすがりの貴婦人たちが、チラチラとイリアスに視線を投げかけながら扇を口元に寄せて囁き合うのが耳に入る。これも、もはや珍しいことではなくなっていた。

今宵《こよい》の彼が着ている紺色の細身のジャケットは、ミラベルが一緒に選んだものだ。

金色の丸いボタンと、大きく立てた襟が装飾のアクセント。丈の長いシルエットと相まって、イリアスのすらりとした長身はより一層引き立てられていた。

もともと顔の造作は整っていたイリアスのことだ。

無意識のうちに漂わせるようになった甘い雰囲気に加えて、長いこと人生の相棒として彼の顔に張り付いていた目の下の隈《くま》と眉間の皺がなくなっただけで、周囲の目はあからさまに変わった。

……まぁ当の本人はそんな周囲の評価を一切気にかけることなく、そんな噂の渦中にあってもただまっすぐにミラベルに愛を囁いているのだが。

ミラベルが過労で倒れたのが、三ヶ月前。意識を失っていたその間に、何があったかはわからない。ただひとつ言えるのは……目が覚めた時にはもう、彼のこの劇的な変化は起きていたということだけだ。

あの時は、本当に状況が呑み込めず面食らったものだ。

目を開けた途端に聞こえた、慟哭《どうこく》のような歓声。

徐々に意識がはっきりしてくるにつれてまず気がついたのが、自分の右手がイリアスに握られていることだった。目を覚ますよりも前から、その手は繋がれていたのだろう。左手と比べてしっとりと温かな熱で包まれていた感触がある。

まだ焦点の合わぬ視界で緩慢に周りを見やる。そこで目に飛び込んできたのは、今まで感情表現をろくにしてこなかったイリアスが、安堵のあまり嬉し涙を浮かべる姿であった。

呆然とその姿を見つめるミラベルと、涙を拭ったイリアスの視線がゆっくりと重なる。

その時のことを、ミラベルは生涯忘れることができないであろう。

ミラベルと目が合った途端、イリアスの張り詰めた表情はふにゃりと緩む。そして、ミラベルの手をもう離さないとばかりにしっかりと握りなおした彼は、蕩けるような微笑みを浮かべた。

——それは今までに見せたことのない、柔らかな愛情の籠もった笑み。意識を取り戻したばかりのミラベルが再び目眩を覚えた程の、眩い輝きであった。

「ミラベル……ミラ！　良かった、目を覚ましてくれて……！　この前は僕が悪かった。子供じみた反発で、君にひどいことをしてしまって……勝手なお願いだが、どうかこんな僕を許してほしい。君を……、愛しているんだ！」

彼女が回復したことに歓喜したイリアスは今までの非礼の許しを乞い、それが終わったと思えば次は情熱的にミラベルへの愛を告白した。

それだけでも十分衝撃だったが、さらにその後に彼が告げたのは……彼女の隠された能力についてだった。

正直イリアスの劇的な変化も、その衝撃に比べれば吹き飛んでしまうほどのとんでもない話。最初のうちはミラベルも信じることができず、イリアスの正気を疑ってしまったほどだ。

しかし、彼と検証を重ねるうちに実績は積み上がっていく。自分では未だ信じられなくとも、それはもはや否定できる状況ではなくなっていた。

——そして、だからこそ今夜。

ミラベルはこの夜会に出席することになったのだ。

○　○　○　○　○　○　○

「ドレス、本当によく似合っているよ。……綺麗だ、ミラ」

女性顔負けの端整な顔立ちをしているイリアスに、うっとりとそう告げられる。

最近のイリアスがとみに女性の目を引くようになったのは、もともとの整った顔立ちに加えて熱っぽい視線や物憂げな溜め息が実に官能的だからであろう。

その表情が多くのご婦人を魅了しているというのに、本人はそれに気づくこともなく色気をダダ洩れさせている。まさに今この瞬間にも、その魅力に当てられたご婦人が「ほぅ」と熱い吐息をつく音が聞こえた。

周囲の注目を集めていることを意識しながら、ミラベルはぎこちなく笑む。

「イリアス様が見立ててくださったおかげですわ。素敵なドレス、ありがとうございます」

今日の彼女が袖を通しているのは、ベルラインのシルエットが美しい、少しクラシックな雰囲気のドレスだ。ウエストが細く絞られたスレンダーなその形は、ミラベルの華奢な身体のラインを綺麗に引き立てている。

丈の長いラッフルスカートには大きなひだ飾りが階段状に付けられ、釣鐘状のスカートがふわりと膨らむ。

上半身には、ミラベルの白い肌をそっと浮かび上がらせる透け感のあるレースのトップスを重ねた。艶めかしい陰影をデコルテに表しながらも、その佇まいはあくまで上品だ。

かつての虐待の傷跡はイリアスの治癒魔術によって完全に拭い去られ、ドレスの袖からは静脈が透けるほど雪のように白くきめ細かい肌が覗く。

露出が控えめで派手な装飾のないそのドレスは、ともすると地味に見えかねない。しかし、繊細でエレガントなレースと何重にも重ねられ星のような宝石が散りばめられたスカートは、実際には見る人が見れば思わず感嘆の声を洩らすほどの選び抜かれた逸品を集めた芸術作品であった。

ミラベルに自覚はないものの、たおやかで気品に満ちたその姿は、楚々《そそ》とした立ち居振る舞いも相まって、会場中の男性の目を引き付けている。

彼女がそれに気づかずにいられるのは、ひとえに隣で彼女をエスコートするイリアスのおかげであろう。彼女に手を出すなと、無言のうちに彼らを睥睨《へいげい》するイリアス。

彼女には指一本触れさせないとミラベルの腰を強く抱き、彼は自らの所有権を主張するようにぴったりと彼女に寄り添う。

その必死な姿は遠目で見ていたヴィンセントが苦笑いを洩らしたほどであったが、その甲斐《かい》あって周囲の不躾な視線がミラベルまで届くことはなかった。

もともと二人とも、華やかな場所があまり得意ではない。最低限の挨拶を済ませると、イリアスは人目を避けるように会場の隅へとミラベルを誘導した。

ほんの少し場所が変わっただけで、ざわめきは遠のいていく。

ほっと少し肩の力を抜いたミラベルを気遣うように、イリアスがその頬を撫でた。

「飲み物を取ってくるよ。ミラはここで待っていて」

甘い微笑みと共にそう告げると、イリアスはその場を後にする。

その背中が人ごみの中に消えてしまうと、途端に今まで感じなかった心細さに襲われてミラベルはキュッと柔らかな手のひらを握りしめた。

華やかな装いも、ワイングラスを片手に交わされる談笑も、半年前まではまったく縁のなかった世界だ。その中で自分だけが異質な存在のように思えて、居《い》た堪《たま》れない気持ちになってくる。

と、そんな不安な想いを受け取ったかのように、カツンカツンという硬い靴音が近づいてきた。ハッと伏せていた顔を上げるのと同時に、コン、と近づく靴の音が止まる。

上げた顔が、鋭い視線で射貫かれる。

その視線の主と目が合った瞬間、ミラベルの顔が絶望に染まった。

——そこに居たのは、いたぶる玩具を見つけたと醜い笑みを浮かべる妹《レイチェル》だったのだから。


「あらぁ、お姉様？　ごきげんよう。相変わらず、辛気臭い顔をしていらっしゃるのね」

意地の悪い笑みを浮かべてもなお、レイチェルの見た目は美しい。

最近流行《はや》り始めたマーメイドラインのドレスに身を包み、美しい肢体を惜しげもなくさらけ出したレイチェル。深く開いた背中とチューリップ状に切り込みの入れられた胸元は蠱惑《こわく》的な魅力を放っており、女性のミラベルですら視線をどこに向けるべきか戸惑うほど肉感的だ。

つかつかと歩み寄ったレイチェルは、ミラベルの姿を頭のてっぺんから足のつま先まで無遠慮に見まわし、鼻を鳴らす。

「一応パーティーらしい恰好をしようと努力はされたようですけど、ずいぶんと古臭い地味な恰好で、みすぼらしいこと。……ああ、可哀想《かわいそう》なお姉様。お嫁に行ってもそんなドレスしか用意してもらえないなんて……きっと、婚約者の方から愛されていないのね」

レイチェルは見下すような視線で、わざとらしく同情的な言葉を吐いてミラベルを蔑む。

「お父様がね、今夜のパーティーで私に相応しい婚約者を探してくれるっておっしゃっているの。見目麗しくてお金も家柄も申し分なくて私を甘やかしてくれる、そんな素敵な男性と幸せな結婚ができるように、ですって。ふふっ、お姉様と違って……ね」

勝ち誇ったように、レイチェルは宣言する。

そんな彼女をぼんやりと眺めながら、イリアス様よりも素敵な方なんているのかしら、とミラベルは内心で首を傾げた。この縁組が奇跡のような巡り合わせだったことを改めて実感するが、それを声に出すことはせずに口をつぐむ。

下手に何かを言って彼女を刺激するよりも、頭を下げてこの嵐が通り過ぎるのを待っていた方が良いと、過去の経験から身をもって知っていたからだ。

「それで、お姉様は魔術実験の標本にはならなかったの？　その方、人間の生き血を使って怪しげな実験に手を染めているって有名じゃない。……それとも、無能のお姉様じゃ魔術の実験の役には立たないのかしら」

「イリアス様は、優しい方よ。そんな根も葉もないことを言わないで」

好きなように言わせておけばよいと思っていたのに、自分だけでなくイリアスまで悪く言われて我慢ができなくなった。思わず反論が口をついて出る。

一瞬だけ驚いた表情を浮かべたレイチェルは、珍しい姉の反応に意地悪く唇を吊り上げて笑う。

「あら、おかしい！　そんなにムキになっちゃって……私はただ、お姉様のことを心配していただけなのに」

その言葉だけは殊勝だが、目は嗜虐《しぎゃく》心をあらわにしてミラベルを見下している。それに言い返すことができなくて、ミラベルはぐっと奥歯をかみしめて俯いた。

「ミラ、どうした？　そちらの方は？」

「っ、イリアス様……！」

その声に、彼をレイチェルに引き合わせたくなかったのに、と後悔に襲われるが、もう遅い。

勝利を確信したように、レイチェルは勝ち誇った表情を浮かべる。そして噂の冷血な婚約者を品定めしてやろうと、声のする方へ振り返った。

「……え？」

しかし、その美しくも歪んだレイチェルの表情は、何故かそのまま凍り付いた。彼女の視線の先に居るのは、ミラベルを心配して戻ってきたイリアスの姿だ。

夜会に参加しているどの男性も霞《かす》んでしまうほどの端整な見た目と、落ち着いた気品のある物腰。

――レイチェルが怯んだのは、一瞬のことだった。

今の今まで姉を虐げていたとは思えない可憐《かれん》な微笑みを即座に浮かべると、レイチェルは美しいお辞儀をする。一朝一夕に身につけたものではない、貴族として洗練された立ち居振る舞い。

それは、ミラベルですら先ほどの彼女の悪辣な態度を忘れて見惚れてしまうほどの気品に満ちていた。淑やかに頭を下げたまま、レイチェルは挨拶を口にする。

「初めまして、トレヴァー様。ミラベルの妹の、レイチェルと申します。ご挨拶が遅くなったことをお詫びしますわ。姉が悋気《りんき》を起こして、なかなか紹介をしてくれなかったものですから」

平然とそんな嘘を口にするレイチェルに、目眩を覚えた。ニヤリ、とミラベルにしか見えない角度から、レイチェルが嘲るように笑うのが目に入る。

昔から、彼女はこういった立ち回りが上手かった。

父親の直接的な暴力はミラベルの肉体を傷つけたが、彼女の心を削っていったのはむしろ、レイチェルのじわじわと追い詰めるような苛《いじ》めの方が大きい。ミラベルに同情的だった使用人は彼女の暗躍で徐々に余所余所しくなっていき、居場所を失ったミラベルはどんどん孤立を深めていった。

当時の記憶は、今でも悪夢に登場してはミラベルを苦しめる。どれだけ泣き叫ぼうと誰も振り向いてくれない、胸のひりつくような孤独感。

――レイチェルは、また自分の居場所を奪っていくのだろうか。あの時のようにミラベルが何を言おうと誰も耳を傾けてはくれない、誰も彼女を信じてくれない孤立の苦しみを味わわなければならないのか。

（やめて。私の居場所を、奪わないで……！）

声にならない悲鳴を上げる。

そんなミラベルの横で、イリアスは感情を見せない平坦な声でそっけなく言葉を返した。

「……君たちはあまり、トレヴァー家とかかわりを持つつもりがないのかと思っていたが」

まあ、とレイチェルはわざとらしく驚いた仕草をする。

「姉が、そんなことを？　嫌ですわ、私、かねがねトレヴァー様とは仲良くしたいと思っていましたのに……。恥ずかしながら、姉は昔からそういうところがありますの。周囲の目を引きたいあまり、自分が無能だから虐げられると嘘を言い触らすなど、身勝手な振る舞いばかりで……家族として困った限りですわ。トレヴァー様にご迷惑を掛けていないと良いのですけれど」

あくまでしおらしく装いながら、レイチェルはミラベルを貶めていく。紡がれる言葉の勝手さに異を唱えたいが、レイチェルを前にすると委縮してしまって声が出ない。

「迷惑なんて、思ったこともない。ミラはうちで、非常に良くやってくれている」

堂々とそう返し、ミラベルの腰を抱くイリアス。

その姿を見て一瞬、レイチェルの瞳に昏い炎が渦巻くように燃え上がった。しかし、次の瞬間にはそんな激情は拭い去られ、レイチェルは落ち着いた表情でにこり、と笑む。

「トレヴァー様が寛容な方で良かったですわ。……優しくて有能で見目麗しいなんて、本当に素敵な方。姉が羨ましいです。――実は私も婚約者を探しているのですが、なかなかそんな素敵な方が見つからなくて……やっぱり私程度の器量では、良い方と巡り合うのは難しいんでしょうか……」

うるうると瞳を涙ぐませながら、レイチェルは物憂げな表情で溜め息をつく。そっと涙を拭う彼女のその姿は、愁いを帯びたアンニュイな表情も合わさって、妖艶でありながら脆《もろ》く崩れそうな儚い美しさを漂わせていた。

「いや、そんなことはない。レイチェル嬢ほどの美人であれば、きっと男は皆、君のことを放っておかないだろう」

落ち込む彼女を見て、イリアスが慌てたように慰めの言葉を口にする。

そんなイリアスに、ミラベルは胸が潰れる思いがした。泣き落としは、レイチェルの常套《じょうとう》手段なのだ。

レイチェルは、自分の美貌をよく知っていた。その美貌を使って周りの人間を手玉に取って楽しむのは、彼女の趣味のようなものだ。

少し弱々しく涙を見せれば、周囲はあっという間に彼女の味方になる。そうして自分に都合が良くなるように状況を操作するのが、レイチェルの得意技であった。

「トレヴァー様は、そう思われます……？」

か弱くそう微笑むレイチェルを見て、ミラベルは悪い予感が膨らんでいく。彼女は、一体何を企《たくら》んでいるのだろう。

「ああ、やはり姉妹なのだな。ミラに似て、美しい顔立ちだ」

そう口にはするものの、イリアスはちらともレイチェルに目を向けずに熱い視線をミラベルに注ぎ続けている。上目遣いに相手の反応を窺うレイチェルは思わず鼻白んだが、それでも可憐な笑顔を絶やさない。

「ありがとうございます……！」

天使のようだと讃《たた》えられる無垢《むく》な微笑みを浮かべ、レイチェルはイリアスを見上げる。

恥じらいとトキメキが、その潤んだ瞳できらりと輝く。あたかも、イリアスの言葉に心打たれたかのように。

そんな表情を浮かべて、そうだ、とあくまで無邪気に彼女は手を合わせた。

「それなら私が、トレヴァー様の婚約者になるというのはいかがでしょう？　私は無能ではなく魔力も潤沢にありますから、トレヴァー様の魔術発展のための活動に貢献できます。それに、これまでの社交の実績もあるので、貴族間の関係も良好です。同じ家の中で婚約者を変更するのであれば、手間も掛かりません。……そうね、なんて良い考えなのかしら！　両家発展のためにも、絶対そうした方が良いに決まってる。さっそく、お父様にご報告に行きましょう！」

楽しげに歌い上げるような声。

一息にそう言うと、レイチェルはイリアスの手を取る。相手に考える隙を与えず、彼女は強引に自分のペースへと巻き込もうとする。

「レイチェル、貴女《あなた》、何を言って……」

驚いて声を上げるミラベルを無視して、レイチェルはさあ、と動かないイリアスを促す。

——突然、しん、と周囲の気温が急に下がったかのような冷たさが訪れた。

「その手を放せ、レイチェル嬢」

感情のない冷徹な声が、放たれる。今までミラベルが聞いたことがない、怒りを押し殺したイリアスの冷たい声。

努めて平静さを保ちながら、イリアスは自分から離れようとしないレイチェルに向き合う。

「もう一度言う。その手を放せと言ったんだ」

その感情を切り捨てたような冷酷な声に気圧されて、レイチェルは慌てて手を離すと二、三歩後ずさった。

「ミラの妹だからと黙って聞いていれば、勝手なことを……婚約者をすげ替える？　自分は役に立つ？　……馬鹿らしい。僕の相手はミラでなければ、何の意味もない。二度とそんなくだらない妄想を口に出すな。不愉快だ。それがわかったら、とっとと僕の前から消え失せろ……！」

イリアスが言葉を重ねるにつれて、周囲の気温もどんどん下がっていく。彼の魔力が洩れているのだろう。吹雪《ふぶき》のような風が、イリアスの周囲に渦巻き始める。

「私……私、そんなつもりじゃ……」

レイチェルの泣きそうな声を聞いても、イリアスの表情は変わらない。

「聞こえなかったのか？　消え失せろ、と言ったんだ」

すげなく手で追い払われて、レイチェルは悔しそうに顔を歪めた。

なまじ顔立ちが整っているだけに、憎悪で捻じ曲げられたその表情は恐ろしいほど醜悪だ。

「残念ですわ、トレヴァー様。せっかく貴方のためを思って提案してあげたのに……いずれその選択に後悔して私に縋っても、知りませんから」

負け惜しみのようにそう言うと、レイチェルは靴音を高らかに鳴らしながらその場を後にする。

その足音が周囲の喧噪に呑み込まれると、強張《こわば》っていたミラベルの身体はやっと緊張が解けた。

「大丈夫か、ミラ」

「……ええ。妹がご迷惑をお掛けしました。申し訳ありません」

謝罪を述べると、イリアスが苦笑いを浮かべる。

「いや、僕の方こそミラの身内だというのに途中から暴言を吐いてしまった、申し訳ない」

いつの間にか吹雪の気配は収まっていた。落ち着きを取り戻したイリアスは、ああそうだ、と思い出したように再び口を開く。

「君の妹が口にしていた、思い出すのも腹立たしい君の描写だが……当然僕はそんな妄言、一切信じていないから安心してくれ」

「……ええ。そう言っていただけると嬉しいです」

答える声は簡潔だが、ミラベルの胸の裡では言葉にしがたいほどの喜びが沸き上がってくる。

――ずっと妹に奪われ続けてきた人生だった。それでもやっと、自分を信じてくれる人が現れたのだ。その嬉しさは、じわじわとミラベルの心を温めていく。

思わず涙が浮かびそうになって、慌てて目をぱちぱちと瞬いて誤魔化した。

「それにしても、君の妹だということはわかっているが……」

そんなミラベルの様子には気づかずに、レイチェルの去っていった方向を見やってイリアスは呆れたように首を振る。

「……鮮烈だったな、アレは」

もはや人間扱いしていない呼称である。

「あの子は昔から甘やかされて育ってきましたから……自分の意見が通るのが当然と思って、疑ったこともないのでしょう。特に相手が私では……」

強引に話を推し進めていった彼女の笑顔に狂気の片鱗《へんりん》を見た気がして、今更ながらに寒気を覚える。

思わず不安が口をついて出た。

「あの提案……本気でしょうか」

「本気だとしても、実行させるものか」

吐き捨てるようにイリアスは答える。

「彼女はああ言っていたが、同じ家の話であっても婚約者のすげ替えなんて、そう簡単にできるものじゃない。僕たちの婚姻はすでに教会の承認まで終えて、あとは式の日を待つだけの状態になっているんだ。今更ひっくり返せるものか。難癖を付けられたとしても、ミラは僕の屋敷でそれなりの期間一緒に暮らしている。この実績があれば、ただの書類上の婚姻でないことは簡単に証明できるから問題ない。そんなすげ替えなんて、起こりえない。……それこそ、僕が心変わりでもしない限り」

息をつく間もなく一気にそう述べると、イリアスはミラベルの髪をひと房すくいながら彼女の顔を覗き込む。

「そしてもちろん、僕はミラに夢中だ。心変わりなんて、ありえない」

「あ、ありがとうございます……」

その甘い雰囲気に、かぁっとミラベルの顔に血が集まる。真っ赤になった顔を隠すように体を捩じるが、イリアスは逃がしてはくれない。くくっ、と喉の奥で笑いながらさらに顔を近づける。

「可愛いよ、ミラ。本当に可愛い。こんな夜会で僕の可愛いミラがほかの男の目に晒されるなんて、耐えられないくらいだ。本当だったら、誰の目にも留まらないように屋敷にずっと閉じ込めておきたいのに」

流れるようにミラベルの髪にキスを落として、イリアスはようやく身体を離してくれる。

いつまで経ってもその愛情表現になれなくて、ミラベルは俯くばかりだ。

いくら顔を伏せても、結い上げられた髪の所為で真っ赤に染まった耳は隠すことができない。恥じらうミラベルを見て、イリアスはうっとりと笑う。

「まぁこんなに可愛いミラを見ることができるんだから、夜会も悪くないのかもしれないけれどね」

○　○　○　○　○　○　○

そうして夜会は滞りなく進んでいく。参加者たちは楽団の曲に合わせてダンスを踊ったり、顔をつなぎたい貴族に自分を売り込みに行ったりと思い思いの時間を過ごしている。

そんなさんざめく参加者たちの声が、やがて潮が引くように静かになっていった。

国王が、現れたのだ。

周囲に倣い、ミラベルもイリアスと共に素早く臣下の礼をとる。

「皆の者、面を上げよ」

初めて聞く国王の声。それは、威厳に溢れながらも温かみのある声だった。

「今年もまた今宵をこうして迎えられたことを、私も嬉しく思う……」

朗々たる演説が響き渡った。

皆、国王の言葉を聞き漏らすまいと真剣に耳を傾ける。

国王の話は市井の流行から隣国との関係まで多岐に亘るものだったが、相手を全く退屈させず話に引き込むだけの力を持ったものであった。

なるほど優れた為政者とはこういうものなのか、とミラベルは内心で舌を巻く。

「――さて、つまらぬ話はここまでにしておこう。……執政官」

やがて国王が話を終えると、側で控えていた男がビロード張りの台を掲げてその横に立った。

「はい。ではこれより今年の功労者の発表と、叙勲式を始めさせていただきます」

――声にならないざわめきが、静かに広まった。

建国祭では、最後の夜会にて今年最も国に貢献した功労者を労《ねぎら》う叙勲式が行われることとなっている。いくつかある勲章の中でも、国王自らの手で行われるこの建国祭での叙勲は、この国における最大の栄誉と言えるだろう。

その一方で、それは戦争において大きな戦果を挙げた者など、国難を救うほどの成果が対象のため、平時の際は該当なしで見送られることも多い。

しばらく戦争や飢饉《ききん》といった国を揺るがす事態は起きておらず、言い換えれば手柄を挙げる機会にも恵まれていない。そんな中で一体誰がこの栄誉を手にしたのか……。

静寂を保ちながらも、周囲の目はお互いを探り始める。固唾を呑んで発表を待つ、張り詰めた空気。ミラベルの胃も、緊張できりりと痛くなる。

静まり返った会場をぐるりと見回し、国王は再び口を開いた。

「今年の受章者は、国家魔術の一つである封印魔術の改革を担当したイリアス・トレヴァー男爵。そして——その婚約者、ミラベル嬢だ。……両名、前へ」

周囲の視線が一斉にこちらに向いた。

刹那の静寂。

そして鳴り響く、わぁっ、という歓声と拍手の爆音。

……立ち尽くしたミラベルに、逃げ場は、ない。

ああ、ついに呼ばれてしまった……覚悟していたというのに、ミラベルは竦み上がった。今にも心臓が爆発してしまいそうだ。

頭が真っ白になる。自分が何をするつもりだったか、思い出せない。嫌な汗が背中を流れる。足が震えて、このまま立っていられそうにない。

「行こう、ミラ」

緊張の真っ只中《まただなか》で立ち尽くしていたミラベルを救ったのは、イリアスの優しい囁き声だった。

顔を上げれば、首を傾げてにっこりとイリアスが手を差し伸べる。

そのすべらかな手を握っただけで、不思議なことにすぅっと緊張の波が引いていった。

――いつからだろう、彼と触れ合うだけでこんなに安心できるようになったのは。

頷いて、彼の横に並ぶ。大丈夫、私はもう前の私ではないのだから。

――そうして落ち着きを取り戻せば、叙勲式はリハーサルで確認した内容と何ら変わりはなかった。

……もちろん、リハーサルには無かった大勢の観衆の目、というのが緊張の原因ではあるのだが。

それでも流れに身を任せれば、式は予定通りに粛々と進んでいく。

国王からのお言葉をいただき、代表者であるイリアスが勲章を拝領する。

そしてイリアスが一言挨拶を述べれば、予定していた叙勲式はこれで終了となる。

そうして再び夜会の歓談が始まろうとしたところで、おもむろに国王が片手を上げた。会場の注目を集めてから、国王がもう一度口を開く。

「さて……詳細についてまだ述べることはできないが、今回のイリアス殿の功績により、封印魔術の負担はこれから大幅に軽減されることが予想されている。これにより今後、国家魔術は防衛・繁栄のためにより多くの資源を割くことができるようになるであろう。大変喜ばしいことである。彼には次期魔術師団長として、引き続き責任感をもって本件に取り組んでもらいたい」

静かなどよめきが広がる。

国王自らが「次期魔術師団長」と口にしたのであれば、イリアスの将来は約束されたようなものだ。となると、ヴィンセント現師団長の進退は……？　勢力図の趨勢《すうせい》を見極めようと、貴族たちの視線が鋭くなる。

「一方で、残念ながら……」

国王の声が低くなる。ぴりりと、緊張が走った。

「貴族の大切な義務であるはずの魔力の供出を怠っている者たちが、一部に存在している。魔力も碌《ろく》に提供できずに、何が貴族であるか。相応の魔力を納められないのであれば、今までなあなあにされてきた爵位も必要に応じて見直ししていかねばなるまい。各人、貴族としての務めについてしっかりと自覚を持つように」

今までにないほどの厳しい物言いに、貴族たちは呑まれたように沈黙する。

一旦言葉を切ってから、国王は周囲をぐるりと見回す。

「これより、国家魔術の運営は更なる高みへと上がることとなる。諸君もそのつもりで居てほしい。――こうした見通しを鑑みて将来的に国家魔術統括部を新設し、その長に弟、ヴィンセント公爵を任命したいと考えている」

どよめきは、さらに大きなものとなった。

久々の国王叙勲、爵位見直しへの言及、新たな組織改変……国王の言葉は、そんな盛り沢山な内容で終わった。

あまりの情報量の多さに、貴族たちも下手な反応はできないと判断したらしい。却ってその後の雰囲気は静かなものとなった。

叙勲式が終わり今夜の主役となったイリアスの元には数多くの貴族が詰め寄せたが、それも一時の喧噪となってやがて過ぎ去っていく。

今夜の挨拶は、これからの関係構築のための最初の一手だ。むしろ社交に忙しくなるのは、これからであろう。

一方、社交界に一度も顔を出したことのないミラベルを知る者は、誰も居ない。そのためイリアスと共に受章者に名を連ねたものの、参加者の目的はイリアスだけで、ミラベルは単なる婚約者としてしか見られていなかった。

それで良い。たとえ好意的なものであっても、注目を浴びるのは恐ろしい。

時間が経つにつれて祝福の挨拶を述べる列もやがて途絶え、ミラベルはそっと息をつく。……なんとか、今夜は乗り切れたようだ。

イリアスも同じ考えだったらしい。ご苦労さま、とミラベルに笑いかける。

「すまない、ちょっと所用で離れるよ。ミラも疲れたなら休憩室に行っておいで?」

ちらりと彼の視線の先を見れば、今夜の話題のもう一つの中心となっていたヴィンセント公爵が、にこやかに彼を手招きしているのが目に入る。

なるほど、そういえばヴィンセント様は彼の直属の上司だったな、と納得した。

「では、私はこれで」

ヴィンセント公爵に軽く会釈をして、ミラベルはそっとその場を後にする。

体力的に、というよりは精神的に疲弊してしまった。お言葉に甘えて、他人の来ない休憩室で休ませてもらおう。

大広間を後にして、ミラベルは人気のない廊下をコツコツと歩く。

休憩室へと向かう廊下は、打って変わったように静まり返っていた。聞こえるのは反響する自分のヒールの音だけ。

なんとなくうら寂しい想いを覚えながら、ミラベルが休憩室へと入ろうとしたところで。

——突然、何の前触れもなくむんずとその腕を摑まれた。

「ひっ」

悲鳴をあげる暇もなく、強い力で振り向かされる。

その目に映る、忘れるはずもない、見知った顔。

「しばらく見ないうちに随分と偉くなったものだな」

「お、お父様……」

——それは、ミラベルを道具のように使い捨てた父親、エセルバート・バーネット侯爵その人であった。

●第十一章

「お久しぶりで……」

挨拶を述べようとする実の娘を、エセルバートは容赦なく突き飛ばす。

いとも簡単にミラベルの身体は吹っ飛び、そして壁に叩きつけられた。

「無能の分際で叙勲とは……、単なる婚約者の立場で勝ち馬に乗ったと自惚《うぬぼ》れたか？　この愚か者め」

こほ、と涙目で咳《せ》き込むミラベルを冷たい目で見下ろすと、エセルバートは蹲《うずくま》るその身体を無造作に足蹴にする。ミラベルの身体が力なく吹っ飛び、床を転がった。骨が折れてもおかしくないほどの容赦ない勢い。

苦しそうな娘の姿を目にしても、エセルバートは顔色一つ変えない。大きく足を振り上げ、そしてミラベルの身体を勢いよく踏みつける。

ミラベルの顔が苦悶《くもん》に歪み、ぐ、という声にならない呻き声が洩れる。そこまでしてやっと、エセルバートは溜飲《りゅういん》が下がったように、ふぅ、と溜め息をついた。

——彼は、一つ大きな思い違いをしていた。

確かに叙勲式では、受章者に配偶者が付き添うのが通常の流れだ。しかし、婚約者はその対象にはならないし、そもそもただの同伴者が叙勲式で名前を呼ばれることもない。

しかし自分の娘を無能と信じきっている彼は、それの意味するところに気付くことができない。

ただ、激情が迸《ほとばし》るままに、足元のミラベルを虐げる。

「そのうえ……身の程知らずの機会に恵まれながら、あの場でバーネットの家名を出さないとは！　この恩知らずのゴミがっ！」

滾《たぎ》る感情が、火焔魔術となって溢れ出す。彼の激情を表すかのような火焔が、ミラベルの肩の上で爆発する。髪と肌の焦げた臭いが、ぷぅんと鼻をつく。

「申し訳……ありません……」

ミラベルの喉の奥から漏れるのは、呼吸にかき消されてしまうほどか細く震える謝罪の声。

久々に感じる暴力の痛みだけでなく、父親に向き合う恐怖でミラベルの声は弱々しく途切れてしまう。

――ああ、結局私は何も成長していない。変われたと思ったのは、ただの勘違いだったんだ。

情けない自分の姿に、ミラベルは心底失望する。

イリアス様に出会って、前を向いて、自分に胸を張って歩けるようになったと思ったのに。

今の自分は理不尽な嵐が過ぎ去るのをただ待つだけの、卑屈だった頃と何も変わらない。

一方、抑圧された感情を爆発させるエセルバートは、もはやミラベルを見てはいなかった。

ここには存在しない彼の全ての敵に対して、彼は気が違ったように呪詛《じゅそ》を撒き散らし始める。

「お前の所為で、『爵位降格の筆頭候補はバーネット家』といわれなき汚名まで着せられる始末……なーにが『最近貴公は貢献魔力量が不足しているそうですね』だ。あの盆暗どもが……！　私にはチカラがある！　――見るが良い、この強大な魔力を……！」

エセルバートの言葉に呼応するように、彼が身に纏《まと》う火焔は徐々にその温度と強さを増していった。

その姿は、まるで火の魔神に転身したかのようだ。

彼の怒りを燃料に、火焔魔術の術式はどんどん規模を拡大していく。

いけない、とミラベルは必死に身を丸く縮める。

エセルバートの勢いは止《とど》まることを知らない。

「ああ、そうだ。このチカラだ。戻ってきたんだ、私のチカラが……！」

熱に浮かされたような声。

自身の強さに酔いしれた彼は、ようやく足元の娘《ミラベル》のことを思い出す。

「……もう、お前は良い。家名を立てることすらできない出来損ないに用はない。トレヴァーの結婚相手はレイチェルに変更だ。レイチェルなら社交界にも知られている。今からでもトレヴァー家の婚約者が我が侯爵家であることを周知させねば……！」

さあ来い、とぐいと腕を掴もうとしたエセルバートの手を、ミラベルは反射的に振り払っていた。

思いもよらぬ相手の反抗に、エセルバートの相貌が歪む。自身の行動に、ミラベルの心臓が縮み上がる。

目を合わせる勇気はない。それでも俯いたまま、ミラベルはふらふらと立ち上がる。

「……ぃ……やです」

途切れ途切れではあるが、なんとか拒絶の言葉を紡ぎだした。

「なんだと？」

「お父様のご命令であっても、イリアス様は渡せません。イリアス様と結婚するのは……わた、し、です……！」

「貴様ァ……っ！」

想定すらしていなかった、格下である無能の反抗。

怒りで顔をどす黒くさせ、エセルバート侯爵は拳を勢いよく振り上げた。

その拳に、灼熱《しゃくねつ》の火焔が巻きつく。これで殴られたら、ひとたまりもないだろう。

思わず目をギュッと瞑る。

頬の産毛がチリチリと、焼けつくような火焔魔術の熱を伝える。

死を眼前にした、刹那の永遠。

婚約してからの幸せだった思い出が、走馬灯となってミラベルの脳内を駆け巡る。

胸を突かれる、イリアスにまつわる数多《あまた》の記憶。

終わりを目前にした今になって、ずっと気づかないふりをしていた自分の感情が、彼の名前を慟哭する。

（イリアス様……！）

——痛みは、なかなか訪れなかった。

むしろ、熱くて堪《たま》らなかった肌には、そよそよと心地好い涼しい風が当たり始める。

恐る恐る目を開いた。

「イリアス、様？」

ミラベルの目に映ったのは、眼前に展開された大きな氷の盾。

——そして、ミラベルを庇《かば》うようにエセルバートの前に立ちはだかるイリアスの姿だった。

○　○　○　○　○　○　○

「ミラ、無事か……！」

肩で息をつきながら、イリアスは振り返る。

普段焦燥の色を見せたことのない涼しげな彼の瞳は、今、ミラベルを失いかねなかった恐怖と焦りで燃え上がっていた。

切迫した表情のまま、イリアスは前へと向き直る。

氷の刃《やいば》のように鋭く冷たい視線が、エセルバート侯爵に突き刺さる。

——周囲の気温が、一気に下がった。

「ひぃっ……！」

その迫力に、気圧されたエセルバートが尻餅をつく。

無理もない。彼の全力の火焔をもってしても、イリアスの氷の盾に傷ひとつつけることができなかったのだ。実力差は歴然としている。

——止める間もなかった。

つかつかとエセルバートへと歩み寄ったイリアスは、拳を振りかぶり……そして躊躇なくエセルバートを殴り飛ばした。

どごぉ、と鈍い音が鳴り響き、肥え太った身体が醜く投げ出される。

容赦ない一撃。

全霊を籠めた一撃を振るっておきながら、イリアスの目には何の光も浮かんでいない。ただ冷めた瞳で、無様に吹っ飛んだエセルバートを見下ろす。

一方のエセルバートは、鼻血と涙で顔面をぐしゃぐしゃにしながら這いつくばってその場を逃れようとする。

……腰の引けたその姿に、先ほどまでの傲慢さは全くない。

——私は、こんな男を絶対的正義だと信じていたのか。

ミラベルの心が、すぅっと冷えていくのを感じた。

今まで、父親を疑ったことなどなかった。

どれだけ理不尽な目に遭おうとも、それには何かしらの意味があるのだと信じていた。

そうして自分の中で納得して、呑み込んできた。

父親あっての自分なのだと、その信念が邪魔をしてイリアスやマーサたちがいくら良くしてくれても、一線を引いてしまっていたのに。

そんな狭い世界を信じていたなんて、自分はなんて愚かだったことだろう。

「お前……なんだ、その目は……！」

冷え切った目で自分を見下ろすミラベル。その姿が彼の知っている無能の娘とは思えず、エセルバートは思わずたじろぐ。

ミラベルは、何も応えない。

……周囲の空気が、重苦しい無音に埋められる。

そんな雰囲気の中、新しい声が突如割り込んだ。

「おいおい、厳粛な夜会で攻撃魔術の気配がすると思えば……どーいうことだ、コレは？」

「ヴィンセント公爵、閣下……!?」

振り返ったエセルバートが驚きの声を上げる。

その声に何も応えず、衛兵を引き連れ現れたヴィンセント。彼はゆったりとした足取りで三人の前まで来ると、この場の空気を支配するように泰然とした仕草で腕を組んだ。

○　○　○　○　○　○　○

沈黙が訪れたのは、ほんの一時。

先に動いたのは、エセルバートだった。

「閣下、お言葉ながら……部下にどういった教育をされているので!?」

最低限の礼は失しない程度の絶妙さで、エセルバートはヴィンセントに食ってかかる。

「この傷を見てください、おたくの部下につけられたものです！　娘の指導をしていたところ、突然殴り飛ばされて……！　厳粛な夜会で暴力行為など、言語道断ですぞ⁉」

彼が指差した先には、憮然《ぶぜん》とした表情のイリアス。

——やられた、とミラベルは内心で臍《ほぞ》をかんだ。

この状況で傷を負った者が訴えれば、非はたちまちこちらに傾いてしまう。なにしろ相手は目に見える傷を負っており、一方のイリアスは傷ひとつないのだから。

叙勲を受けたその日に暴力沙汰だなんて、とんだ醜聞だ。せっかくのイリアス様の努力が、水泡に帰してしまう。

——この時のミラベルの頭には、「父親に傷つけられた自分」のことは一切意識がなかった。この状況を見れば明らかに異常なケガをしているのは彼女だというのに、幼少期からエセルバートの元で育った彼女は自分のケガを「当然の躾」としか受け止めていなかったのだ。

彼女はただ、イリアスを庇うために口を開こうとする。そこを、イリアスがそっと制した。

でも、と食い下がろうとするミラベルに、彼はもう一度きっぱり首を振る。

「大丈夫。僕を信じて」

耳元で囁かれた声。どうしてそんなふうに言えるのか、わからない。いくら上司と部下の間柄であっても、これだけ騒がれれば揉《も》み消すことは難しいだろうに。

不安な気持ちのまま、ミラベルは言葉を呑み込む。

——ミラベルから見て、状況はどう見ても厳しい。

衛兵たちが動けずにいるのは、ヴィンセントが彼らを押しとどめているからだ。ひとたび彼が合図をすれば、たちまち彼は捕縛されてしまうことだろう。

彼らの厳しい視線が、すぐにでも動き出しそうな張り詰めた気配が、ミラベルを絶望の昏い淵《ふち》へと追い立てていく。

「……ふむ。それではエセルバート侯の攻撃魔術は、それに対抗するために使った、と？」

ヴィンセントは普段の軽薄な雰囲気とは打って変わった厳格な空気で、事実確認を進める。

「いえ、神聖な建国祭の場で攻撃魔術など……！　それもこれも、全てこの男によるものです！」

そうか、と顎を撫でてからヴィンセントはイリアスへと向き直る。

「イリアス、エセルバート侯に何か言うべきことは？」

「……いえ。後は、法廷が判断することでしょう」

「そうか。……では、連れていけ」

○　○　○　○　○　○　○

ぱちん、とヴィンセントが指を鳴らすと同時に、衛兵たちが前に出る。

目を見開いてその場に立ち尽くすミラベル。悲鳴すら、喉の奥に張り付いて声にすることができない。

――しかし。

衛兵が装備を鳴らして駆け出した先は、イリアスではなかった。

彼らは硬い表情のイリアスの横をすり抜け……その先、エセルバートの元へと一直線に飛びかかったのだ。

「な……っ！」

薄ら笑いを浮かべて状況を傍観していたエセルバートには、突然の強襲に抵抗する間などない。いとも簡単にその場でねじ伏せられる。

瞬く間に拘束された足元のエセルバートを見下ろし、ヴィンセントは冷淡に告げた。

「エセルバート・バーネット侯爵。貴殿を偽証罪・国家叛逆罪《はんぎゃく》の容疑で拘束する」

「どういう、ことで……！」

床に押さえつけられ脂汗を浮かべながらも、苦しげにエセルバートは声を上げた。

「なに。先ほどの状況、すべて俺の監視下にあった……といえば納得もできるか？」

「……っ！」

ヴィンセントの言葉に、エセルバートはさっと顔色を失くした。

「しかし、私はただ娘の指導を行なっていただけで……！　それに、叛逆罪とは、一体……！」

分が悪くなったことを察しながらも、だとしてもこの扱いはあんまりだと必死でエセルバートは言い募る。

「やれやれ、自分が犯した罪のデカさに自覚なし、と……」

「ですからっ、私はただ、娘の躾をしていただけでして……っ！」

「娘が死んでもおかしくない程の力を使って、それが躾ってか？」

ヴィンセントは淡々と、容赦なく言葉を重ねる。その厳しい追及を避けるように、エセルバートは視線を落とした。

「たとえそれでコレが命を落としたとしても、それが何の問題になるでしょう？」

ぽつり、と呟かれた言葉。

なに、とヴィンセントが反応したことに縋るように、エセルバートは言葉を続ける。

「ご存知ないかと存じますが……恥ずかしながら、この娘は無能なのです！　貴族の務めを果たせない存在を処分したところで、家長の裁量として判断されるかと……！」

それに、と緊迫した空気を誤魔化そうとするように、エセルバートはへらりとおもねるように笑う。

「ご覧いただいた通り、私の能力は攻撃魔術に特化しておりまして。能力が高すぎて、ついつい火焔が派手に発現してしまうのです」

「こんな時まで己の誇示とは、見上げたものだな、」

は、とヴィンセントは嘲りの声を上げる。

必死に己を売り込み、権力に縋ろうとするエセルバート。その媚《こ》びに満ちた姿は、ヴィンセントの目にはただただ耐え難い醜悪な化け物にしか映らなかった。

エセルバートの表情は上辺こそ笑みを形作っているものの、その奥には追従と保身の色しか見えない。

「その、長《た》けていると思っている自分の攻撃魔術すら貴様が蔑む『無能』によるものと知ったら……お前さん、どう思う？」

「へ？　な、何を……」

説明してやれ、とヴィンセントに目で促され、イリアスが進み出る。

「これまで無能と扱われてきたミラですが……彼女には今までにない特別な能力があるのです。我々が『魔力の泉』と名づけた、唯一無二の能力。ミラが傍《そば》にいるだけで魔術行使の負担は軽減され、魔力は無限に湧いてくる。今回の封印魔術の改革は、この稀少《きしょう》な能力を持つ彼女がいたからこそ為《な》せる技術です」

「そんな、馬鹿な……！」

「おいおい、十六年間一緒に過ごしていて、本当に気付かなかったっていうのかよ⁉　自分の魔力負担に違和感はなかったのか？　家と外で行使できる魔術の規模は全然違ったろうに、なんとも思ってなかったと？」

ヴィンセントの驚愕《きょうがく》に満ちた指摘に、ぐ、と苦しげにエセルバートは顔を歪める。

思い当たる節が、彼にもあったのだろう。反駁《はんばく》の言葉は出てこない。そんな彼を尻目に、ヴィンセントは言葉を続ける。

「これで、叛逆罪の理由も察しがついたか？　そんな稀少な能力を、国が放っておく訳がない。実際、今回の国家魔術の改革は彼女が居なければ成立しない。今やミラベル嬢は国の――重要人物なんだよ」

「…………」

筆舌に尽くしがたい物凄《ものすご》い表情で、目の前を睨めつけるエセルバート。

「まっ、そういう訳で、国の重要事業に必要な人物であるミラベル嬢を手に掛けようとしたんだ。叛逆罪も当然……」

「ちょっと待ってください！　違うんです！　違う……」

話を終えようとするヴィンセントの言葉を、エセルバートは必死で遮る。上擦った声で否定をする彼は、ぐるりと見まわした顔の中からミラベルを捉えた。

「そうだろう⁉　お前からも言ってくれ、あの火焔に威力はなかったと。派手に見えるだけで、あれに殺傷能力はないと……！」

往生際の悪いエセルバートの言葉。

「…………」

それを受けて、その場にいる全員の視線が静かにミラベルに注がれる。

いたわるように優しくイリアスが彼女の肩を抱く。

ミラベルはそっと目をつぶって息を整えた。

――今から自分が口に出す言葉で、父親の進退は決まる。その決定権を委ねられたのだと、何も言われずとも察したのだ。

「あの火焔は……そうですね」

ごく、と息を呑んでから、ミラベルはきっと前を向く。もう、迷わない。

「当たっていたら、私は命を落としていたことでしょう。今、私がこうして居られるのは、イリアス様が守ってくださったからです。そうでなければ、私は父の火焔魔術に灼かれて死んでいました」

その声に、先ほどまで見せていた震えはない。

「お前っ、父親を裏切るのか……!?」

エセルバートの怒号が響き渡るが、ミラベルはもう眉ひとつ動かさない。

――結局、彼《エセルバート》は娘の名前を呼ぶことはなかった。

それは、却って幸いだったのかもしれない。ありもしない父娘《おやこ》の縁に絆《ほだ》されずに済んだのだから。

実の父親が引っ立てられるのを目の当たりにしながらも、ミラベルの心は凪《なぎ》のように落ち着いていた。

最後に父親が見せた縋るような視線も、もはや彼女にとって何の意味ももたらさない。衛兵に引っ立てられていく彼を前に、ただ、静かに心の裡で別れを告げる。

――ただ一つ、気になるのは。

「レイチェルは、この先大丈夫かしら……」

たった一人の妹、レイチェルのことだ。父親にべったりだった彼女が、この先一人でやっていけるのだろうか。

いくらあまり仲の良い姉妹でなかったとはいえ、血を分けた妹のことは心配になる。

そう呟いたミラベルに、ヴィンセントは気遣わしげな視線を向けた。

「レイチェル嬢のことなら……先ほど、同様に捕縛されたと聞いている」

「え……⁉」

予想もしていなかった言葉に、ミラベルは絶句した。

多少性根は曲がっているものの、レイチェルはいたって普通の令嬢だ。

国家転覆を企てるような大胆さも、くだらない犯罪で自分の手を汚すような浅はかな愚かさも持ち合わせてはいない。そんな彼女が、一体何の罪を犯したというのだろう。

ヴィンセントは驚きのあまり声の出ないミラベルに、淡々と事情を説明する。

「なんでも、イリアスのグラスにこっそりと薬品を混入したらしい。国家主催の建国パーティーの場で毒殺を謀ったことで、父親と同じ叛逆罪だ」

「イリアス様のグラスに、毒を……？」

「そんな、毒など……！　あれは、タダの惚れ薬だ！　断じて毒などではない！」

衛兵に連れ去られながらも、遠ざかるエセルバートが必死の声で叫んだ。

その「惚れ薬」という単語で、ミラベルは数時間前に彼女と会った時のことを思い出す。

レイチェルが去り際に口にした「後で縋ってきても知らない」という発言。そして、イリアスの「婚約者のすげ替えなんて、僕が心変わりでもしない限りありえない」という反駁。

あの時はレイチェルの言葉を単なる虚勢だと思っていたのだが、もしかしてその時点で彼女はそんな強硬手段を考えていたのだろうか。

恐れを知らない大胆不敵で愚かな企みに、ミラベルは目眩を覚える。

「やれやれ、やっぱりあんたの差し金か」

心底うんざり、という表情で吐き捨てるように言うと、ヴィンセントはしっしっと無造作に手で払う。

「惚れ薬は言わば、精神に影響を及ぼす劇薬だ。これから能力を発揮してもらおうって時に、そいつの内面を侵そうとする行為なんざ許される訳ねぇだろ」

いくら動機が、姉から妹へ婚約者をすげ替えたいなんてくだらない理由でもな、とつまらなさそうに付け加える。

「まぁその言葉通り毒性のない惚れ薬であれば、鑑定ですぐに証明できるだろう。実行犯の娘の方は、しおらしく反省さえしていれば、処分はせいぜい修道院での終生の奉仕程度かねぇ。……ま、父親の処分はどうなることかわからんが」


ヴィンセントの言葉は、すでに衛兵に遠く連れ去られたエセルバートの耳に入ることはない。

彼が連行されていく姿が扉の向こうに消えるまで目で追ってから、イリアスは改めてヴィンセントに頭を下げた。

「師団長、ご手配ありがとうございました」

「なぁに、結局肝心な場面で、危うく間に合わないところだった。最終的に彼女を守ったのはお前さんだよ、イリアス。胸を張るんだな」

ひらひらと手を振って、何てことないようにヴィンセントは言う。

「むしろ俺はお嬢さんにお詫びを言わなきゃいけない立場だ。あれだけ警戒してたってのに、怖い目に遭わせてしまった」

悪かったな、と言いながら自然な動作でミラベルの手を取ろうとするヴィンセント。

急いでその間に割って入って彼女との接触を阻止すると、イリアスは会話に取り残されているミラベルへと振り返った。

「それを言うなら、僕も同罪だ。……ミラ、申し訳ない。実は、今回の夜会で君の父親と何かしらのトラブルが起きるのではないかというのは、予想ができていたんだ。それなのに、君を危険に晒してしまった」

「どういうこと、でしょう……？」

事態の進展についていけず呆然とした声を上げるミラベルを前にして、イリアスは罪悪感で思わず目を伏せた。もっと良いやり方があったのではないか、と後悔の念が後を絶たない。

俺が話そう、と自己嫌悪に陥るイリアスに代わってヴィンセントが前に出た。

「ミラベル嬢が居なくなってから僅か半年足らずの間に、実のところバーネット家はずいぶん落ちぶれちまっていたんだ。――もともと家長であるエセルバートの問題行動には、目に余るものが多くあってな。しかし、貴族としての責務をこなしている以上、ある程度は仕方ないと黙認する状況が十年以上続いてきた。――それが今になって、奴《やっこ》さんの貢献魔力量が必要量に遠く及ばなくなったと。まぁ、今まで人知れず役に立ってきたミラベル嬢が居なくなったんだ、当然の結果だわな。そうなれば、周囲からの目は厳しくなるばかり。可愛い娘の嫁ぎ先ひとつさえ決まらない状況に陥ったわけだ」

淡々とヴィンセントは説明を続ける。

――トレヴァー家に引き取られて以降、バーネット家がどうなっているのかミラベルは考えたこともなかった。自分の「魔力の泉」の能力について知っても、それが彼らに影響を及ぼすことになるなんて、思いもしなかったのだ。

しかし、実際には影響は甚大であった。ミラベルの能力で底上げされていた魔力量は一気に縮小し、侯爵家としての権威はたちまちの内に失墜した。かねてより敵の多かったバーネット家。その転落は、あまりに容易であった。

もともと人格に問題のあったエセルバートのことだ。そんな「不運」に自分が苦しんでいるところに、虐げていた無能《ミラベル》が叙勲の注目を浴びれば、彼の憎悪が彼女に向くことは容易《たやす》く想像ができた。

だからこそ彼女を守れるように、そして生家の問題が彼女の足枷《あしかせ》にならないようにと慎重に人員を配置していたのだが……。

「まさか、娘がイリアスに薬物投与を試みる傍らで、父親はミラベル嬢を襲っていたとはねぇ……」

国を挙げての建国祭の夜会で、たとえ未遂であっても毒殺事件が発生したなど由々しき事態である。衛兵たちの配置は事件の早期解決と賓客の安全確保に割かれ、一時的にミラベルは護衛対象から外れてしまった。

その致命的な一瞬が、運命的にも父親との邂逅《かいこう》を実現してしまったのである。

「でもまぁ、その時のイリアスは本当にすごかった。被害者の状況確認と証言を、ってことで衛兵たちに囲まれてたってのに、突然、『エセルバートがいない』ってつぶやいて飛び出していったあの素早さときたら……」

「師団長があの場で混乱を鎮めてくださって助かりました。おかげで、間に合わせることができた」

「なぁに、これから存分に辣腕を振るってもらう予定の部下の、目下の憂いを取り除いただけさ。最愛の人を守れて、良かったなぁ？」

悪戯《いたずら》げなヴィンセントの言葉に、イリアスが思わず顔を赤らめる。

まっ仲良くやれよ、と愉快そうに笑いながら去っていくヴィンセントにイリアスはただ黙って深く頭を下げる。

あの場でヴィンセントが取りなしてくれなければ、衛兵を振り切るのに無駄に時間を取られるところであった。実力行使で間に合わせたとしても、後々に禍根を残したことであろう。

一歩間違えれば今こうしてミラベルを抱くこともできなくなっていたかもしれないと思うと、今更ながらにゾッとする。

彼女の存在を確かめるように、イリアスはもう一度その肩をしっかりと抱く。

「……イリアス様」

抱き締める腕の中から、ミラベルの硬い声がした。

その温度のない声に腕を緩めると、彼の腕から離れたミラベルが距離をとるように数歩下がる。

イリアスと目を合わせないように俯いたまま、ミラベルは静かな声で言った。

「婚約を、破棄していただけませんか」

「ミラ！　どうしてそんなことを……！」

「今夜のことでわかったはずです」

顔を見られないように俯いたままくるりと後ろを向くと、ミラベルは淡々と言葉をつなげる。

……大丈夫、声は震えていない。

「父も、妹も犯罪者になってしまいました。バーネット家は、もう終わりです。……私には、貴方のもとに嫁ぐ資格がない」

今までありがとうございました、と口の中で呟くように言って、ミラベルは振り返らずに駆け出した。

ミラ、と呼び止めるイリアスの声が聞こえるが、足を止めるわけにはいかない。

真っ先に目に入った扉に逃げ込もうと、手を伸ばす。

「きゃっ」

ノブを摑んだところで、思わず悲鳴を上げた。

氷を摑んだような鋭い痛みに、思わず反射的に手を離す。その目の前で、見る見る内にノブが凍りついていった。

それを見て氷魔術だ、と気がつく間もない。ダン、と顔すぐそばの壁をイリアスの右手が突き、ミラベルの逃げ場を塞ぐ。

咄嗟《とっさ》に逆側へ逃れようとしたところを、今度はイリアスの左手が塞ぎ、彼女を後ろから空間ごと抱き締めるように閉じ込めた。

イリアスの両腕と壁とに囚えられ、追い詰められたミラベルは壁を向いたままじっと身体を硬くする。

「……ミラ、こっちを向いてくれ」

イリアスの息が、背中に当たる。そこだけが、熱を持ったように火照り始めるのを感じる。

背中越しに聞こえる、懇願するようなイリアスの声。それは、普段の冷静な彼からは想像もつかないほどの動揺に満ちていた。

その声に引きずられるように、ゆっくりとミラベルは後ろを振り返る。見上げたイリアスの顔が、滲んでよく見えない。

「ミラ、泣いているじゃないか……」

左手はミラベルを閉じ込めたまま、口づけを落とすような体勢でイリアスはそっと彼女の目尻を拭う。

そうされて初めて、ミラベルは自分が泣いていることに気がついた。

ぐい、とイリアスの顔が近づく。壁際に追い詰められて距離を取ることもできず、ミラベルはただその迫る端整な顔に息を呑む。心臓が早鐘のように打ち始め、息が苦しい。

「ミラの懸念はわかるけど……、でも大丈夫なんだ」

そう言って、イリアスは彼女を安心させるようににっこりと笑む。

「君の実家が今後諸々の障害になりうることは、僕も心配をしていた。それだから、叙勲の際は君の名前をフルネームで呼ばないように頼んでおいたんだ。その家名が、君にとっての柵《しがらみ》にならないように」

——家名を呼ばれなかったのにはそんな理由があったのか。

何も聞かされていなかったミラベルは愕然とその場に立ち尽くす。

そんな彼女の顎を掬《すく》い上げ、イリアスはしっかりとその瞳を覗き込んだ。

もう片方の左手はミラベルの額や頬を優しくなでながら、前髪を、こめかみにかかる髪を優しく梳《す》かしつけるように後ろに流す。

その感覚は、妙に官能的だ。潤んだ熱っぽい瞳から必死に目を逸らそうとするが、イリアスの体勢がそれを許さない。

「こんな場面で言うことじゃないとは思うけど……結婚しよう、ミラ。結婚して、ミラベル・トレヴァーになってくれないか。君の後見は、ヴィンセント師団長が引き受けると言ってくださっている。上層部からは君の類稀《たぐいまれ》な能力を評価して、『聖女』の称号を授けようという話も出ているくらいなんだ。だから、何も心配することはないんだよ」

それとも、とイリアスの瞳が不安げに揺れる。

「僕と結婚するのは、嫌？　愛してるのは僕だけかな？」

——今まで、いくら愛を囁かれようと、ミラベルはそれに返すことができずにいた。自らの境遇を顧みれば軽々《けいけい》なことを口にすることなどできない、と自分を戒めてきたのだ。

……否、そう言い聞かせることで自分の感情と向き合うことを避けてきたのかもしれない。

今までのミラベルだったら、イリアスに返事を哀願されても困ったように「大丈夫です、ありがとうございます」と返して濁していただろう。彼女は、自分にイリアスの愛を受ける資格などないと思い込んでいたから。

……でも、先ほど死を目前にして、気づかされてしまった。隠していた自分の感情が迸るのを痛いほど感じた。

この想いを伝えられずに死んでいくことが惜しいと、内なる自分が叫ぶ声を聞いたのだ。

もう、知らないふりをすることはできない。障害となるものも、ない。


——それなら。


「イリアス様、」

顔を上げて、そっとイリアスの頬に触れる。相手の吐息が顔に触れるほどの至近距離。

「私も……愛しています。貴方に出会えて、本当に良かった」

掠《かす》れながらも初めて声にした、本当の自分の気持ち。

もう一筋、ミラベルの瞳から涙が零れ落ちる。抑えていた気持ちが堪えきれず溢れ出すかのように。

一瞬驚いた顔をした後、張り詰めていた感情が溶け出すようにイリアスは顔を綻ばせた。元々腕の中にあったミラベルを、その存在を満喫するように力強くかき抱く。

お互いの鼓動が響き合い、混ざり合う。

絡み合う視線。——嗚呼《ああ》、紫色のその湖に、溺れてしまいそうだ。

やがて、どちらからともなくその唇が合わさる。

柔らかな感触。それだけで、頭の芯がぼうと痺《しび》れるような多幸感にミラベルはただただ酔いしれた。

イリアスと出会うまで、ミラベル個人と向き合ってくれる人など居なかった。周囲だけでなく肉親ですら、彼女を『無能』としか見てくれなかった。

——ようやく手に入れた。ここが、私の居場所なのだ。

ミラベルをミラベルとして見てくれるイリアス。そして、クロード、マーサをはじめとするトレヴァー家の者たち……ミラベルはここで、初めて自分というものを獲得することができた。

無能だからといって無価値ではないのだと、教えてもらえた。……愛を、知ることができた。

——そのために必要な廻り道だったのだとしたら、
ミラベルは、イリアスに頬を寄せたままうっすらと笑う。

——今なら、無能令嬢と呼ばれた過去すら愛せそうだ。

よみがえる聖女伝説

「面を上げよ、魔術師団長」

重々しい声に、イリアスは恭しく顔を上げる。彼の前に揃って並んでいるのは、国王陛下、王弟殿下、王太子殿下、そして各騎士団長という錚々《そうそう》たる顔ぶれ。いずれもが緊張と不安と……そして隠し切れない期待に満ちた表情で師団長となったイリアスを見つめている。

それも当然であろう。今日は、いよいよ災厄の竜と対峙する運命の日なのである。

イリアスをはじめとする多くの者たちが、この日のために総力を挙げて取り組んできた。その集大成を見せるとき。その雰囲気に少しばかり気圧されながらも、イリアスはそんな彼らの視線を受け止めてしっかりと背筋を伸ばした。

「建国以来、災厄の竜の排除は我らが悲願。イリアス魔術師団長、貴殿の活躍には期待している」

「……勿体《もったい》ないお言葉でございます」

「我が国の未来を賭《か》けた戦いだ。これまでの貯蔵魔力、十年分の使用権限を認めよう。遠慮は要らぬ。目的のため、惜しむことなく使うが良い」

「はっ、ありがたき幸せ。ご期待に沿えるよう、力の限り全力を尽くしましょう」

さて、といささか儀式めいたやり取りを済ませた後、国王は雰囲気を切り替えるかのようにパシン、と鋭く手を打った。

「つまらぬ話もここまでだ。――我らが時代の勇者の出陣である！　竜殺しの刻《とき》は来たれり、鬨《とき》の声を上げよ！」

歓声と共に、ざぁっとイリアスの前の人の波が割れていく。その先に佇むのは、緊張の面持ちながらも力強く前を向くミラベルの姿であった。白を基調とした、動きやすさを確保しながらも「聖女」の清廉さを表した服装に身を包んだミラベル。波打つ金髪と合わさり、光を放たんばかりの眩さに満ち溢れている彼女はまさに「聖女」という称号に相応しい。

イリアスと目が合ったことで、そんな彼女が安心したようにふわりと微笑む。その笑顔に勇気づけられ足を前へと進めながら、イリアスはここに至るまでの過去を思い出していた――……。

○　○　○　○　○　○　○

――ミラベルには、何か特別な能力がある。

彼女に治癒魔術を施したあの日以来、その発見はイリアスの頭から離れることがなかった。彼女は、無能令嬢などではない。今まで誰も見たことのない新しい能力を持っている。

その能力《ちから》の正体を見極めようと、あれから彼は時間を見つけては手探りを続ける毎日を過ごしている。

最初のうちは、仕事の合間に。……やがて、本来の仕事よりもそちらを優先するほどに熱心に。

そんな状態になったのはイリアス自身の想いももちろんあったが、それだけではない。ヴィンセントがそんなイリアスの逸脱した模索を咎めるどころか、むしろその後押しをしてきたのである。

彼女の能力は、今までの魔術体系が刷新されるほどの発見になるかもしれない――そんな可能性を口にしたヴィンセントは、鋭い為政者の目をしていた。

「おぅ、イリアス。婚約者との具合はどんな調子だ？」

今日もまた、ミラベルとの仲を茶化す体《てい》を装って、イリアスの執務室へとやってきたヴィンセント。しっかりと室内の防音魔術を展開したうえで、そんな慎重さとは真逆の軽薄な笑みを浮かべて来客用のソファへとどっかり腰を下ろす。

ちょいちょい、と人差し指で招かれ、イリアスもソファの反対側に空いたわずかな隙間に渋々腰を下ろした。

……相変わらず、この上司の距離感には慣れない。視線で促され、イリアスはそんなことを思いながらも口を開く。

「やはり、今までにない系統の能力のようです。いろいろ見えてきてはいるのですが、なにぶん初めての事例で全貌を摑むには時間が掛かるかと。そもそも彼女、自身の能力に自覚がないようで……今はまだ、意識的に能力を発揮することすら難しい段階ですね」

「お前さんが把握している限りだと、どんな感じだ？」

「まず最初に報告した通り、彼女の傍で魔術を行使すると負担が大幅に軽減されることは間違いありません。炎、水、氷、治癒……自分のできうる限りの属性で試してみましたが、おそらく属性による違いはないかと。一方で、新たな条件も判明しました」

ヴィンセントの瞳がキラリと興味深そうに光った。ぐい、と身を乗り出してヴィンセントはその言葉の続きを促す。

「……というと？」

「彼女が無意識に行使している能力の対象者には、どうやら条件があるようです。私見ですが、おそらく彼女にとって身近な存在、というのが重要になってくるのかと。先日魔術訓練施設に彼女を案内して様子を見てみたのですが、僕以外に魔力負担の軽減や威力の変化があらわれた者は皆無でした。もちろん訓練を重ねれば、いずれ身近な存在だけでなく任意の相手に能力を使うことも期待できるかと思いますが」

「身近な存在、か……」

ふーっ、と大きな溜め息をつくと、ヴィンセントは深くソファに座りなおす。

「――たとえば家族とか……か？」

ぼそりと呟かれた言葉に、ええ、とイリアスは言葉少なに頷いてみせる。それ以上の言葉はなかったが、彼はヴィンセントの言わんとするところを正確に読み取っていた。

「バーネット家の貢献魔力量、おそろしいほど劇的に減っているそうですね」

「当主は気づいてなかったんだろうな……でなきゃこんな貴重な存在を外に出すはずがない。そのつもりはなくとも、彼女はずいぶんと前からバーネット家を支えていたというのに」

「……………」

生家での彼女の辛い境遇を思うと、自然とこぶしを握る手に力が籠もる。当初はそんな話を聞いてもただの「情報」としか受け止めることがなかったというのに。

ミラベルを疎み、軽んじ、虐げてきたバーネット家の者たち。彼女のその存在が、彼らを支えていることも知らないで……沸き上がる激情に、思考が支配されていく。

「しかし、本人が能力を使いこなせていないってのは厄介だな。そっちの進捗はどうなんだ」

一瞬、強い怒りに仕事の報告の途中であることを失念していた。ヴィンセントの声にはっと意識を戻されたイリアスは、軽い咳払いで気を取り直し、言葉を続ける。

「そちらも順調に進んでいます。魔力の同調を何度も繰り返すことで、内在する自身の魔力に彼女も気がつき始めたようです。本来は幼少期に行うべき教育ですが、かの家ではそういった教育を一切施していなかったようですね……その分だけ少し遅れましたが、ここまでくればそれを外へと発現させることは容易いかと。実際、最近では僕に向けられる彼女の能力がより強くなってきているように感じられます。むしろ今までの能力は『意図せずとも洩れてしまう、彼女にとっては些細《ささい》な分』だったのではないでしょうか」

「だとすると、彼女はもっととんでもないモノを秘めている可能性もあると……」

真面目な顔で黙り込んだヴィンセントに、イリアスはええ、と頷いてみせる。

「それと……、笑顔にも特別なものがあるようです」

「……笑顔ォ？」

思いがけない単語にヴィンセントは胡乱《うろん》な声を上げるが、イリアスはいたって真面目な顔で頷く。

「はい。彼女が笑顔を見せるとそれだけで仕事の疲れが吹き飛び、多幸感に包まれます。そして明日への意欲が湧いてくるのです」

「いやいや……仕事の報告に見せかけて惚気《のろけ》るのはやめてくれよ……冗談言う場面じゃなかっただろ、今の……」

ヴィンセントの苦笑いに、イリアスは真剣な表情を崩さないまま真顔で首をかしげる。

「冗談ではありませんよ、師団長。確かに笑顔のみでは魔術的な効果はありませんが、精神面での向上効果は莫大《ばくだい》です」

いたって真面目な口調のイリアス。ヴィンセントはぽかん、と口を開けてイリアスを凝視した後、はぁーっと大きな溜め息をついてみせた。

「あぁー……こいつ、本気で言ってるのね。いや、そこは深堀りしなくて大丈夫だ。その効果があるのはお前さんだけだから」

はて、ときょとんとした表情のイリアスを前に、ヴィンセントはやれやれと手を振ってその話を切り上げる。

「じゃあ、こっちも情報共有だ。お前さんの婚約者に似た能力が本当にこれまでに無かったのか、ってハナシ。最終的に王城の禁書庫まで探ることになったんだが……一件だけ、気になる情報を見つけた。それは……」

そこまで述べてから、ヴィンセントは辺りを憚るようにぐっと顔を近づけた。和やかだった空気が、途端にピリリと緊迫したものへ切り替わる。一体何を言うのかと気を引き締めたイリアスに、彼は耳打ちするようにささやく。

「――聖女伝説だ」

――建国記において、王家の始祖である勇者と並び外せない重要な存在。それこそが、『聖女』という存在である。

帰りの馬車に揺られながら、イリアスは先ほどもたらされた情報についてつらつらと思いを馳せていた。

まだ、この国が興るよりも前の時代。この地には神秘の残滓《ざんし》、災厄の化身ともいえる竜が存在していた。竜が気まぐれに爪を振るえば大地が裂け、咆哮《ほうこう》すれば火山がうなりを上げる。古代の人々は、そんな災厄の竜と共に暮らしていた。彼らには、安らかに暮らすことのできる安住の地などなかったのだ。

そんな疲弊した民を憂い、災厄の竜からこの地を取り戻そうと立ち上がったのが今の国王に連なる勇者と……そんな彼を支え続けた聖女なのである。

国を作るために奔走する勇者を献身的に支え続け、竜殺しの際もその傍らで危険を顧みず彼の支援をし続けたという聖女。勇者が竜を封じることができたのは聖女が居たからこそ、とまで言われている。最終的に勇者と結ばれ聖女は国母となるのだが、そこに至るストーリーは今でも数多くの戯曲に取り上げられている。

建国祭には欠かせない組み合わせであるこの二人。しかし、確かに考えてみれば聖女の伝承はあやふやだ。いわく神々より遣わされた救国の乙女であったり、治癒魔術と防衛魔術の熟練者である守護者であったり、竜の瘴気《しょうき》を浄化する巫女《みこ》であったり……出典によって、彼女の立ち位置はさまざま。民衆はそれぞれの思い描く聖女を投影して、伝承における聖女を語っている。

そんな厚いヴェールに閉ざされている聖女の情報が、なんと直接の関係者である王家の手記に収められていたというのだ。

『これは一般に口外できる話ではないんだが……』

そんな前置きをしながらも、ヴィンセントはイリアスに告げることに躊躇う様子を見せずに言葉を続けた。

『始祖である勇者の能力は、聖女が傍らにいることで飛躍的に向上していたそうだ。……ただ、それを公にするよりも、民衆には圧倒的な力を持った勇者という姿を印象付けた方が良い。そう判断した聖女は、自らの貢献を秘匿することにしたらしい。それゆえに、この話は限られた人間しか知らないわけだが……』

――ミラベル嬢は、この聖女と同じ能力を持っているんじゃねぇか？　と、彼はそう締めくくったのである。

○　○　○　○　○　○　○

聖女伝説と、ミラベルの能力。

こうしてこの二つに関連を見出してからいくばくも経たないうちに、イリアスは、ミラベルを連れて城の地下へと足へ踏み入れることとなった。

「あれが災厄の竜……なんて大きいんでしょう……!」

「寒くはないか。ここは氷に閉ざされた場所だから、風邪をひかないように気をつけて」

――どうしてこんなことになったのか。

白い息と共に感嘆の声を上げるミラベルに気遣う声を掛けつつ、イリアスは己の状況に困惑の溜め息を漏らした。

聖女伝説といえば竜退治だろう、と思い立ったように突然アイデアを口にしたヴィンセント。本来は定まった日以外は立ち入れないはずのこの場所への入場許可を、彼はあれよあれよという間にもぎ取ってきた。

「まっ、こんなことで何かがわかるとは思ってねぇけどさ。何かのきっかけにはなるかもしれん。ミラベル嬢はまだ災厄の竜を目にしたことがないんだろ?　良い機会だから案内してやるんだな」

そう言って、ヴィンセントは片目を瞑って見せる。

摑みきれない上司の真意。それはもしかすると、ただの思いつきなのかもしれない。しかし、確かにこれ以上のアプローチに行き詰っていたイリアスは、それを断ることもできずにここまで来たのである。

……まぁ、思いがけずミラベルが喜んでくれたので、それだけでも来た甲斐はあるのだけど。

二人が見下ろしているのは、小さな屋敷くらいはあろうかと思われる巨大な竜の骸《むくろ》である。……いや、正確には骸《むくろ》ではない。この身体はまだ、氷に全身を覆われてもなお、生きているのだから。

鈍色《にびいろ》に輝く、その巨体。それは動かずともその存在だけで今もなお、人々を圧倒する神聖さを持ち合わせていた。体を覆う鱗《うろこ》は一つ一つがダイヤモンドのように硬く、人間の力では表面にすら傷をつけることができない。横たわる尻尾はそれだけでも大人の身長をはるかに超えて聳《そび》えていて、これを振り回すだけでも一個師団が吹き飛ぶであろう力を秘めている。

全身を氷に覆われ眠らされていても、神にも近しいその威圧感。本来なら人間はひれ伏し、ただ懼《おそ》れることしかできないその存在。それを前に心の平穏を保っていられるのは、ひとえに勇者の施した封印魔術のおかげである。

その身体を閉じ込めるように、竜の全身を覆いつくしている厚い氷。竜の足元には、巨大な魔法陣が一定の間隔で光を放ちながらいくつも浮かび上がっている。その光の鼓動に合わせて、大きな氷の塔が新たに生まれ、竜の身体を覆いつくしていく。しかし一方で、ピシピシッという音と共に古い氷は亀裂が入り、緩やかに崩壊を始める。

——氷の生成と、崩壊。

今はまだ辛うじてその釣り合いは保たれている。しかし、この均衡が崩れればやがて封印は解け、災厄の竜は目を覚ますことになるであろう。

「あの足元にある魔法陣の管理、修正をしているのが僕の仕事だ」

「本当に大変なお仕事なんですね……」

実際の光景を目にして、しみじみとミラベルがつぶやく。

「もともとは学生時代に趣味で始めたことが、今のヴィンセント師団長と現国王の目に留まってね。今までタブー視されていた国家魔術の研究に風穴を開けてくれたお二人には、本当に感謝している。僕はやりたいことをやっているだけだ。……もう少し、近くまで行ってみようか」

ミラベルが頷いたのを見て手を取ると、イリアスは階段を下りて少し角度の違う場所から改めて竜の姿を見せる。

「ほら、見えるかい。勇者の聖剣が竜の眉間を貫かんと突き刺さっているだろう。――結局、かつての勇者ですら、竜にとどめを刺すことはできず封印したのがやっとだった。それから今に至るまで、この国に聖剣を扱える者が現れたことはない」

イリアスの指し示す先には、根本近くまで竜の眉間に刺さった聖剣がわずかに頭をのぞかせている。その光景に「勇者が竜にとどめを刺せなかったのは剣の長さが足りなかったのか」と早合点する者もいるが、もちろんそんな訳はない。

神秘の象徴ともいえる竜との戦いにおいて物理攻撃は問題にはならないのだ。剣は、あくまで魔術を発現するための媒体……一種の魔導具に過ぎない。そんなことを説明してから、イリアスは軽く肩を竦めてみせた。

「まぁ僕が推定するに、本当は竜を倒すよりも封印魔術をかけ続ける方が消費魔力量は高くつくんだけどね」

「え、そうなんですか？」

意外そうにミラベルが声を上げる。その驚いたような顔が、可愛らしい。

確かにこのことはあまり知られていない情報ではあるのだが、秘匿するほどのものではない。イリアスは頷いた。

「ああ。ただし、あくまで理論上は……だ。確かに国中の魔力をかき集めたら、勇者に匹敵するだけの魔力にはなるだろう。でもそうしたところで、『誰』が『どうやって』竜を倒すのかが問題になるだけだ。実際のところ、一撃で竜を倒すだけの攻撃魔術もなければそれを扱える術者もいない現状では、そんなことは夢物語でしかない。僕にできるのもせいぜい、この封印魔術をいかに効率よくするか考えるぐらいで……」

「ぇ……？」

突然、話の途中だというのにミラベルが不思議そうに顔を上げた。きょろきょろと誰かを探すように、ミラベルは誰もいない空間を見回す。

「どうした、ミラ？」

「ぇえと、誰かに呼ばれている気がしたんです。声、というよりは頭に直接響くような……え、なに……？　なんて言っているの……？」

「ミラ！」

焦点を喪ったうつろな瞳で、ミラベルはぶつぶつと呟き始める。その姿に不安に駆られ、イリアスは彼女の肩を強くつかんで揺さぶる。しかし、そんなイリアスの姿がまるで見えないかのように、ミラベルはまっすぐに横を見て呟きを洩らした。

「……ああ。そこにいたんですね」

ミラベルがすっと腕を伸ばす。――その先にあるのは、竜の身体に突き刺さった聖剣。

思わず息を呑んだ。もちろん、聖剣は手を伸ばして届くような距離にはない。それでも聖剣はミラベルのその行動に呼応するかのように、突然眩い光を放ち始める。

イリアスは呆然とその光景を見続けることしかできない。まるで聖剣の喜びを示すかのように、放たれた光は鳴動を始める。強く、弱く、強く、弱く……やがてその光は目を開けていられないほど眩しくなり……。

「あれは……」

光が収まったのを感じて恐る恐る顔を覆い隠していた右腕を下げたイリアスは、驚愕の呟きを洩らした。光を放っていた聖剣の周りに、今まで見たことのない魔法陣が浮かび上がっていたのだ。

……ざっと見ただけだが、間違いない。あれは……竜殺しのために作られた勇者の魔法陣だ。かつてないほどの神秘と破壊性に満ちた、太古の魔術。

「イリアス様……」

いつの間にか、傍らのミラベルがイリアスを見上げていた。その瞳に正気の光があることを確認し、イリアスはそっと安堵の息を吐く。

そんな彼に、ミラベルは確信に満ちた表情で告げた。

「私の能力を使えば、あの魔法陣は起動できると思います」

○　○　○　○　○　○　○

あの時の彼女の表情は見惚れるほどに凛々《りり》しかった、と息をついてイリアスは回想を終えた。足を止めると、そこがちょうど竜と真正面から向き合う位置であった。横にミラベルが並ぶ気配を感じる。それだけで、魔力だけでなくあらゆる活力が湧きだしてくる。

少し離れた場所では、今日のために配置された騎士たちが固唾を呑んでこちらを窺っていた。その顔は一様に緊張で強張っている。……それも当然だろう。万一の際を危惧して配置された騎士たちではあるが、もし「万一の事態」が起きてしまえばそんな彼らの命など、あっという間に消え去ってしまうのだから。

もちろん、そんなことが起きないように万全は期してある。かつての勇者の魔法陣をもとにイリアスが構成した、竜殺しの魔術。この構成は、彼のこれまでの研究の中でも最高傑作と自負しているものだ。何度も見直しを行い、シミュレーションを繰り返した。また、封印魔術は竜殺しの魔術が発現している間も動くように調整済みだ。仮にイリアスが失敗したとしても竜が目覚めることはない。

……とはいえ、どれだけ安全性を高めようと恐怖は人の心に巣くうものだ。震える彼らの気持ちも、わからないでもなかった。彼らとイリアスの違いは、どれだけイリアスの魔術理論とミラベルの能力を把握できているかという点でしかないのだから。

――これは、僕とミラの二人の力が合わさった結晶だ。

晴れやかな気持ちで、イリアスはそんな呟きを洩らす。イリアスだけでも、ミラベルだけでもこの日を迎えることはできなかっただろう。

迷いのない足取りで、イリアスはつかつかと聖剣の元まで足を進める。そこには、恐怖も不安もいっさい存在していない。

目の前に聳《そび》える、視界には収まり切れない竜の巨体。それを前にして彼はただ、代々の王を含めてもここまで竜に近づいたのは勇者を除けば自分が初めてだろうな、というつまらない感想を抱くだけだった。

「イリアス様、……いきます」

ミラベルの硬い声に、頷きを返す。途端、周囲の魔力は急速に密度を上げげた。何度見ても慣れることのない、不思議な光景だ。イリアスの体内にも、魔力の奔流が巡り始める。心の裡から沸き上がる、温かく強大なエネルギー。それは圧倒的で、それなのに優しさに満ちている。

目の前の聖剣が、光を放ちだす。ミラベルの能力が向上したためだろうか、以前よりもさらに強い光だ。彼女の呼びかけに応え、魔法陣がその美しい姿を現す。そんな神秘的な光景に、おお、と背後でどよめきが上がるのが聞こえた。

ミラベルがいなければ、この聖剣に秘められた魔法陣は起動することがなかったであろう。聖女と同じ能力を持つ彼女がいたからこそ、竜殺しの秘法は今へと蘇った。

——そして、自分の役割は。


聖剣に手を伸ばす。すっ、と腕を引けば意外なほどにあっけなく聖剣は抜けた。何百年もの眠りについていたとは思えないほどの輝きで、刀身が妖しく煌めく。

「目覚めよ、竜殺しの奇跡」

起動の呪文と共に、全身から魔力が根こそぎ持っていかれる感覚に襲われる。気を抜けば膝をついてしまいそうなほどの目眩と虚脱感。それに必死に耐え、姿勢を保つ。

ミラベルの能力で底上げされた魔力ですら、太古の魔術を起動するので精一杯だ。ここから術式を展開するには、自分の魔力だけでは到底足りない。勇者の魔力保有量は、いかほどのものだったのであろう。今更ながら先人の才能に舌を巻く。

「イリアス様！」

足元がふらついたのを見て、ミラベルが悲鳴を上げた。その声を背中に受けて、イリアスは薄く笑う。

わかっている。いくらミラベルの支えがあろうと、自分の魔力量ではこの竜殺しには足りないことなど。魔力量で勇者と張り合うような愚かなことをするつもりなどない。今、自分がなすべきは……。

足元の魔法陣がドクン、と大きく脈打った。……竜殺しの陣ではない、普段イリアスが管理をしている封印魔術の魔法陣だ。その脈動と同時に、本来なら自分一人では扱いきれないような膨大な魔力が流れ込み……そしてイリアスが起動した竜殺しの魔術を展開させていく。

――国家魔術を応用し、貯蔵魔力を転用する。これこそがイリアスが心血を注いで作り上げた今日のための秘法であった。一人の魔力量では到底足りない。しかし、この国には国家魔術のために貴族から集めた貯蔵魔力がある。それを竜殺しの魔術展開のために消費することができれば……これまで封印魔術の研究を続けてきたイリアスだからこそ思いつくことのできた、天啓とも言うべきアイデアがそれであった。

「長きに亘る眠り、これにて終止符を打たせてもらう！」

力強い宣言と共に、高々と剣を構える。

――それを振り下ろそうとした、その瞬間。

目覚めるはずのない竜の瞳が、なんの前触れもなく大きく開いた。その血のように紅《あか》い瞳がギン、とイリアスを射すくめる。途端、自分のものでなくなってしまったかのように全身が凍り付いて動かなくなった。音にならない竜の咆哮が響き渡り、イリアスの存在を根底から揺るがしていく。大きく開かれた竜の口が迫りくる幻影が見える。

喰われる、と半ば悟りのような境地で感じた。こんな神秘の存在を害そうなんて、土台無理な話だったのだ。自分は、なんて愚かだったことだろう。

すべてを諦めて、イリアスは無力にその場に立ち尽くす……。

ふわり、と優しい魔力に抱きしめられ、生を投げ出しかけていたイリアスははっと意識を引き戻した。慣れ親しんだ、自分とは違うもう一人の命の輝き。

……ミラベルが、呼んでいる。竜へのとどめを前に動けなくなってしまった自分に、魔力を送り込んでくれている。彼女だって、もう魔力を使い切ってフラフラなはずなのに。

——彼女を、守らなくては。

そのときのイリアスの頭には、それ以外なかった。国を任された使命感も、貴族としての責務もすべて忘れていた。

ただ、彼女と過ごす何気ない日常を守りたい、その一心で。

「オォォオオオ！」

感覚のなくなっていた両手で必死に聖剣を握りしめ、決死の声を上げながら打ち下ろす。がむしゃらで、なりふり構わない無様な一撃。

それでも。

……竜殺しの陣は、確かに、起動した。

「————————ッ!!」

この声は自身が上げたものか、それとも竜の断末魔か。もうそれすらわからない。

光と音と振動と。迫りくるすべてに呑み込まれ、意識が吹き飛ばされそうになる。

……やがて訪れた、時が止まったかのような静寂。しばらく床の上で放心していたイリアスはふらふらと立ち上がり、そして目の前の光景に息を呑んだ。

「これは……」

城の地下を埋め尽くしていた竜の身体が、砂のようにサラサラとほどけて消えだしたのだ。見えざる手によって、かつて竜がいた痕跡は跡形もなく拭い去られていく。まるで、過去との決別を示すかのように。

「終わったんですね……」

気づけばミラベルと手をつなぎ、寄り添うようにしてその光景を眺めていた。自分の手の中にある、自分より少し温かいその体温。それが何よりも今を実感させてくれて、イリアスは泣き出しそうな声をもらす。

「……ああ。終わったんだ、ミラ。僕たちは、勝った……勝ったんだよ……」

安堵の息と共に満ち足りた気持ちに包まれ、そのまま睡魔に誘い込まれていく。

「きゃっ、イリアス様……？　イリアス様……！」

自身の名を呼ぶ、ミラベルの声が心地好くて。疲労感にまみれて意識を手放しながらも、イリアスの口元にはうっすらと笑みが浮かんでいた――。

何百年もの時を超えて、ようやく成し遂げられた竜殺し。

魔術師団長イリアスと聖女ミラベルの活躍は語り継がれ、伝説となることだろう。それはやがて風化し、いずれはただのお伽噺となってしまうのかもしれない。

それでも、きっと。この話に触れたものは皆、口をそろえてこう言うことだろう。「これは愛の物語だ」――と。

愛妻弁当を巡る思惑

その日、イリアスは傍目《はため》から見ても明らかなほどに浮かれていた。

一見するといつも通りなのだが、手に持っていた羽ペンを突然くるくると回し始めたり、そわそわと執務室の時計を十分おきに確認したり、小さな声で鼻歌を唄いだしたり……普段の冷静沈着な彼とはかけ離れた、落ち着きのない挙動が目立つ。

鉄面皮のイリアスの下に長年ついていた部下たちは、彼のちょっとした溜め息や眉の上げ下げから無表情な上司の感情を正確に把握する技を編み出していた。

……が、ここまで感情をダダ洩《も》れにされてしまうと、却《かえ》ってイリアスが何を考えているのかわからない。静かな職場にありながら、彼らの内心はちょっとした混乱に満ちていた。

といっても、こんな上司の姿も今ではそこまで驚くには値しない。半年ほど前から、彼は徐々に人間らしい一面を出し始めていたのだから。

この変化のきっかけは、時期を同じくして出現した彼の婚約者と大いに関わりがあるに違いない
……というのは、部下たちの間でもっぱらの噂である。

そのおかげで上機嫌な上司と仕事が進められるのだから、彼らにしてみれば婚約者サマサマである。

さてさて、今日は一体、どんな出来事があったのやら……。

——その謎は、存外すぐに解けた。

昼休憩の鐘が鳴る。その最初の音が聞こえた途端、イリアスは待ってましたとばかりにカバンから包みを取り出したのだ。もはや隠すつもりもない、満面の笑みと共に。

普段であれば昼休憩の合図など歯牙にもかけず、書類にかぶりつきになっているイリアス。そんな

彼が一体何にそこまで夢中になっているのかと、職場の中で静かに注目が集まる。

「室長殿、それは何ですか？」

怖いもの知らずと名高いアンディが、部下たちを代表して声をかけた。一瞬にして、職場中が静まりかえる。

「これか？　これはだな……」

イリアスはにやりと笑って、その包みを見せびらかすように掲げてみせる。

「愛妻弁当だ！」

彼の得意げな宣言が、静寂に包まれた職場で見事に響き渡った。


——さかのぼること、一日前。

建国祭が終わったことで、イリアスの仕事は取り敢えずひと段落がついた。そのおかげで最近の彼の帰宅は、早い日が続いている。

ミラベルと想いが通じたのは、彼にとってそれほど嬉しい出来事だったのだ。必要以上の仕事なんてやっていられるかと、最近では日が沈んで間もない時間に足取り軽く屋敷に帰っているのも珍しいことではなくなっている。

そんな彼の一番の楽しみが、ミラベルととる夕飯である。

もう、夜中に軽食を用意してもらう必要はなくなっていた。そんなことをするよりも、早い時間に彼女と夕食を共にする方がずっと魅力的なのだから。

屋敷で夕飯を食べるなんて、成人してからはほとんど廃れてしまっていた習慣だったのに、ミラベルの存在ひとつで習慣はあっという間に変わってしまう。

食べる量も、以前に比べて明らかに増していた。それは、今まで彼を心配していた料理人が感動のあまり泣き出したほどの変わりよう。おかげで、不健康なまでに痩せすぎだった彼は少しずつ若かりし頃の精悍《せいかん》な体軀を取り戻してきている。

そんなイリアスの変化を、ミラベルもまた喜んでくれていた。

——しかし。彼女はまだ、それだけでは満足していなかったのだ。

ミラベルがさりげなく話を切り出したのは、夕食の会話がひと段落ついたところであった。

「イリアス様、つかぬことをお聞きしますが……最近、お昼ご飯ってどうされていますか？」

「昼ご飯？」

思いがけぬ質問に不思議そうな顔でミラベルを見てから、イリアスはすっと目を逸らした。

……あまり良くないことをしている自覚はあったのだ。

「そうだな……最近は朝晩しっかりとっているから、昼はあまり食べてはいないな。以前は昼食が一番の栄養補給タイミングだったから、それなりに気を遣っていたんだが」

最近では、昼の時間は当日の仕事を早く終わらせるための追加勤務時間と化してしまっている。

「そうだと思いました。今日登城した際に、ヴィンセント様が仰っていたんです。生活習慣が改善したのは良いことだが、結局、根本の仕事中毒なところは治ってないって」

くすくすと笑いながらも、困ったなぁと眉根を寄せるミラベル。

そんな彼女を見て、ミラベルの関心が自分に向けられていることにイリアスは内心で喜びを覚える。きっと仕事のことまで口を出して良いのかと、悩んでいるのだろう。少し迷いを見せながらも、ミラベルは口を開く。

「もし良ければ、なんですが……お弁当をお渡ししたら、イリアス様は職場で召し上がってくださいますか？」

ミラベルが恐る恐る切り出したのはあまりに甘美な提案だった。思いがけないその言葉に、イリアスの胸は思わず高鳴る。

「お弁当だって？　それは、もちろん！　僕のことを気にかけてくれて、嬉しいよ、ミラ。期待している！」

天にも昇るような心地で喜びの返事を口にしてから、イリアスは当初の目的を思い出す。ミラベルの用意するお弁当は言うまでもなく魅力的だが、それで食事に時間が取られて帰宅時間が遅くなってしまっては本末転倒だ。

「あ、ただ、その時間帯が忙しいこともあって……我《わ》が儘《まま》を言うようで申し訳ないんだけれど、できれば豪勢な食事というよりは、仕事をしながらでも食べられるようなものが嬉しいかな……」

ミラベルは仕方ないなぁというような顔で小首をかしげる。

「本当はお昼ご飯もゆっくりととって、ご自身の身体をもっと気遣っていただきたいのですが……ええ、そのように仰るのでしたら、サンドウィッチならいかがでしょうか。パンも副菜も一遍にとることができますから」

「サンドウィッチか！　良いね、仕事をしながらでも食べられるし、ミラベルの用意してくれたものなら最高だ。楽しみにしているよ」

「ええ、そう言っていただけると光栄です。では、明日はしっかり昼食を召し上がってくださいね」


——というわけで、彼の前には朝からずっと楽しみにしてやまなかった弁当の包みがあるのである。

包みを開ければ、解き放たれたかのように周囲を満たす風味豊かなパンの香り。分厚い四角い形をした柔らかなパンは、具がはみ出ないようにしっかりと口を閉じ、食べやすい形となって包みの中央に鎮座している。パンに覆い隠され、その中身は外からではわからない。

「うわぁ、サンドウィッチですか。良いっすねぇ、室長のこと、よくわかってるって感じで」

弁当を覗き込んで、アンディが素直な感想を述べる。

「……アンディは、食堂に行かないのか」

冷やかされるのがあまり好きでないイリアスが仏頂面でそう言うが、付き合いの長いアンディはそんな反応に堪えた様子もない。無邪気に胸を張る。

「せっかくなんで、オレも執務室で食べようかな、と。室長のお弁当、気になりますし」

「……相手はしてやれんぞ」

不愛想な反応も、部下《アンディ》には通じない。ダメと言われないのであれば上等だと、ふてぶてしく笑ってイリアスの前の席に着く。

イリアスは小さく溜め息をついて、敢えてそんな彼を無視するように書類を手に取る。そして、文面に目を通しながらぱくりとサンドウィッチに歯を立てた。

「…………？」

その途端、口の中に広がった予想外の味に、イリアスは思わずその動きを静止した。書類に目をやっているというのに、その中身が気になって文面が頭に入ってこない。

思わず手の中の料理に目をやる。てっきりサンドウィッチなのだから薄切りのハムか卵が入っているものだと思ったのだが……これは一体……。

行儀が悪いとは思ったが、そっとパンを開く。平たく潰されパンに挟まれた、丸い灰茶色の固まり。なんとなく見覚えのある見た目だが、これは何だったか……

前の席に腰掛けていたアンディが、ちらりとそれに目をやった。

「……ハンバーグ、っスね」

ぽつりとつぶやかれた言葉で、ようやくその正体に気づいた。サンドウィッチについての先入観が強すぎて、アンディに指摘されるまでイリアスの思考はしばし硬直していたのだ。

「なるほど、ハンバーグか……！　僕はあまり詳しくないのだけれど……サンドウィッチにハンバーグを挟む、というのは一般的なメニューなのだろうか？」

「いや……オレも初めて目にしました。最近街でパンにソーセージと野菜を挟んだものが流行っているってのは耳にしたことがありますが……ハンバーグかぁ……味の方はどうなんです？」

問われて、もう一口かぶりつく。先ほどと違ってもう正体がわかっているだけに違和感はなく、落ち着いてその味が楽しめる。

「そう……だな、かなり美味しいと思う。ハンバーグの肉汁とソースをパンが吸っているので、分厚いパンでもハンバーグが負けていない。逆に薄いパンを使うとぼろぼろになりそうだから、パンの厚みはこれくらいが適当だろう。挟みやすいようにハンバーグそのものをかなり薄めに作ってあるのもポイントだな。そして、ソースも多めに使っているから、中身がない場所もサンドウィッチとしてしっかり楽しめる。ただ……」

考えながら、さらにもう少し食べ進める。

「うん。やっぱりこれだけだと、多少味が均一過ぎて飽きてしまうかもしれない。これにプラスしてほかに野菜を挟んだり、酸味のあるソースを混ぜたりするとさらに味が良くなりそうだな。もちろん、愛《いと》しのミラが作ったサンドウィッチはそれだけで極上の味だが」

そこまで述べてから、アンディが啞然とした顔でイリアスを見ているのに気がついた。

「……どうした？」

イリアスの問いかけに、アンディははっとしたようにガシガシと頭をかく。

「いえっ！　なんか室長がメシについてそこまで語っているのがメッチャ意外で……室長が口数多く話す事柄って、今までは仕事のことか魔術関連のことしかなかったじゃないっすか。だから、驚きました」

ふん、とそっぽを向きながらも、イリアスの口角は思わず緩んだ。

「わが愛しの婚約者殿は、料理が上手でね。おかげさまで、僕も食事の楽しみを覚えたのさ」

婚約者自慢をしながら、残ったサンドウィッチにかぶりつく。

……そうして気がつけば、思いがけない味のサンドウィッチと賑やかなアンディの相手で昼休みは終わっていた。

書類を読む時間は、残されていなかったのだ。


――翌日。

昨日の弁当の感想は、ミラベルの創作意欲を大いに刺激したらしい。

今日もまた、ミラベルは満面の笑みで弁当の包みを渡してくれた。「今日のサンドウィッチは、昨日とは違う味です！」という宣言と共に。

昨日のハンバーグサンドを気に入っていたイリアスは、あれを改良してくれても良かったのに、と少し残念に思う。

しかし、その一方で今度は何を用意してくれたのだろうかという期待もある。

という訳で今日もまた、ソワソワと昼休憩の時間を待ち望んでいたのだが……。

「室長、今日のお弁当の中身は何でしたかー？」

我が物顔でイリアスの正面に腰掛けたアンディが、無邪気な笑顔で質問を投げかける。

その距離感のなさがイリアスにとってはすこし疎ましくもあり、気兼ねなく婚約者自慢ができるありがたいところでもあり……思わず苦笑いが浮かぶ。少し粗忽《そこつ》なところがあってもアンディが職場で周囲から愛されているのは、そんな彼の人間性が大きく働いているのだろう。

「そうだな、今日は……」

昨日とは違う形のパンを取り出して、一口。そこで、思わず額に手を当ててしまった。

――この味は、よく知っている。よく知っているし、好きな味なのだが……断じてこれは、一般的なサンドウィッチの具ではない。

「室長?」

胡乱げなアンディの声に、ようやく気を取り直す。

「ああ、これは……スープ、だな……」

「スープ⁉　液体じゃないっすか!　そんなものを、どうやってパンの中に……⁉」

アンディが動揺の声を上げる。その傍らで、イリアスは確かめるようにもう一度パンを食べた。

口の中に、お気に入りであるミラベルの特製スープの味が広がる。

正確に言うと、パンの中身はスープではない。スープで煮込まれた肉や野菜の具材である。汁気をたっぷりまとわせたまま、それらの具材をパンで包み込んだのであろう。

――なるほど、だから今日は挟む形ではなく、包み込む形の丸パンだったのか。

納得しながら、食べ進める。どのような処理をしたのか、具材に染みこんだスープは完全な液体状ではなく、プルプルとしたジェル状になって具材を覆っている。それが程よくパンに染みて、スープ感を増していて美味しい。

ミラベルのスープが大のお気に入りであるイリアスが、このパンを気に入らないはずがない。普段と違って冷めていることだけが残念だが……。

満足げな笑みを浮かべながらパンを食べるイリアスを見て、アンディが思わず羨望の声を上げた。

「良いなぁー、室長。少し、オレにも食わせてくださいよ！」

「やるわけないだろう。これは、婚約者特権だ」

「えぇー、ずるいー、ずーるーいー……！」

「やかましい。悔しかったら、君も早く婚約者を見つけることだ」

アンディの駄々を軽くいなすイリアス。そうしてから、あることに気がついて彼は軽く目を見開いた。

……なんだか少し、今の自分がヴィンセント師団長に似てきた気がしたのだ。

その後もアンディに話を振られ、弁当のこと、婚約者の惚気《のろけ》などで会話は進む。

……その日もまた、昼休み中に仕事が進むことはなかった。


——三日目。

「今日は少し、趣向を変えたパンにしてみました。イリアス様のお眼鏡にかなうかはわからないのですが……」

そう言って、恥ずかしそうに包みを渡すミラベル。

——眼鏡にかなう？　食事に対して使う言葉にしては、少し違和感を覚える表現だ。

そう不思議に思いながらも、イリアスは素直にその包みを受け取った。

「いつもありがとう、ミラ。毎日美味しい昼ご飯を職場でも食べることができて、とても助かっている。部下からも、羨ましがられているよ」

弁当を渡すために無防備に近づいたミラベルの頬に軽くキスを落とすと、それだけで彼女の頬は簡単に朱に染まった。

何度キスをしても見せるその新鮮な反応はとても魅力的だが、それと同時にもっとミラからも求めてくれても良いのに、というもどかしい想いに襲われる。

彼女が自分のことを想ってくれているということに疑いはないが、いつも自分から愛を表明するのは時折寂しくなるのだ。

そんなことを思っていると、突然ミラベルが踵《かかと》を上げて背伸びをした。ふわ、と彼女の髪から華やかな薄桃色の香りが舞う。

真っ赤なミラベルの顔が近くなり……そして、頬に何か柔らかいものが押し付けられる感触がする。

彼女の姿勢が元に戻ってからやっと、イリアスは状況を理解した。頬に、キスをされたのだ。

「その……行ってらっしゃいませ、イリアス様」

顔を俯かせ、消え入りそうな声で挨拶を述べるミラベル。その健気な姿に、じわじわと唇が緩むのがわかる。

なんてことだ、まるで僕の思っていることが伝わったかのようじゃないか。

「ありがとう。僕も愛してるよ、ミラ。それじゃ、行ってくる」

上機嫌で、イリアスは屋敷を後にする。……さてさて、今日のお昼も、楽しみだ。

「室長ー、今日もっすかー?」

昼休みに入るなり、当然のような顔でイリアスの前に現れるアンディ。その姿は最近の恒例になってきたが、今日は何故かその横に、別の二人の同僚を引き連れている。

「なんか室長の弁当の話をしたら、自分も見てみたいってやつが大勢出てきて。……でも室長、騒がしいの嫌いかと思ったんで、その中から二人に絞って連れてきました！」

謎のどや顔と共に、そんなことを口にするアンディ。思わず溜め息がでたが、彼らの食事場所に文句をつける権利はない。

「……勝手にするが良い」

端的にそう告げると、目の前の同僚たちには目もくれずに弁当の包みを取り出す。

（おいおい、室長が丸くなったって噂は嘘かよ⁉　騙《だま》したな、アンディ……！）

（いやいや、本当だって。多分今は、弁当の時間を邪魔されたと思って機嫌悪いだけだから……）

目の前で交わされるひそひそ話を無視して、包みを開く。

「…………」

「室長ー？　今日はどんなパンでしたー？」

「っ、おい、覗き込むんじゃない、アンディ」

遠慮知らずのアンディが、ひょいとイリアスの手元に首を伸ばした。

「……！　へぇ、室長って意外にこういうのが好きなんですね！」

「ち、違う！　これはミラの趣味で……」

事実を述べているのに、妙に言い訳がましくなってしまう自分の言葉。今朝がたミラベルが口にしていた『眼鏡にかなう』というのは、このことだったのかと今になって知る。

なんだなんだと、ほかの同僚たちもその手元を覗き込み……、そして、皆一様に変な生暖かい眼差しでイリアスを見やるようになる。

——本日のパンは、中身ではなく、形に工夫を凝らしたパンであった。それも、愛くるしい動物たちをかたどったパンだ。

可愛らしいけれどもどこか歪な形の動物たちが、小さなサイズでたくさんの種類、用意されている。

「室長のパン……可愛いっすね」

なんともいえない表情で、アンディはパンの感想をつぶやく。彼の性格から場の雰囲気を和ませようとしてくれているのはわかるのだが、ここは見なかったことにしてほしい。

「特にこの……アヒルとか、めっちゃ良いっすね」

「アヒル？　そいつはウサギじゃないのか？　こっちが上だろう」

隣の同僚が、口を挟んだ。こっちはヒヨコだ、この身体が長い形は何だと、イリアスを置き去りにしてそれぞれのパンが何を模しているのか盛り上がり始める同僚たち。

「それで……中身は何なんすか？」

問われて、リス？　らしきパンを手に取った。耳が短くて体の半分をくるりと巻いた尻尾が占めているから、これはリスなのだろう、多分。

少しだけ気が咎めたが、手でその身体を半分に割る。おぉ、とどよめきが上がった。

「チョコレートですか……」

「甘いものをパンに合わせるとは、面白い発想ですね……」

同僚たちのコメントを無視して、むしゃりと口の中に放り込む。意外性はないが、もちろん悪くない味だ。

ただ、小動物の目に干しレーズンをつけるのは、やめていただきたい。つぶらな瞳が、なんだか心に痛い。

「これはネコ、か……?」

次のパンを手に取って、首を捻った。

「ウサギじゃないっすか。ネコにしては耳が長いし」

「いやぁ、この顔の長さはイヌでしょう」

てんで勝手なことを述べ始めるアンディたち。

「……で、そっちの中身は何なんです? 毎回毎回、個性的なこと考える婚約者さんっすねー」

「室長、今度その婚約者さんに会わせてくださいよ! 師団長から聞きましたよ、彼女、定期的にこっちに来てるって」

「マジで!? 室長ばっかりズルいぃ! ちゃんと紹介してくださいよ!」

突然、示し合わせたかのように意見を揃える同僚たち。

がばりと揃って顔を上げ、好奇心にギラギラした目で三人は迫る。

「で、婚約者さんは次いつ来るんですか、室長!」

——今日もまた、仕事はできそうになかった。

「部下の方と一緒にお昼ご飯、ですか……？」

気は進まなかったものの、帰宅したイリアスは夕食の席で渋々同僚に言われた話をミラベルに伝える。案の定、ミラベルは少し戸惑った反応を見せた。

「いや、無理にとは言わないんだ。そんな話が出た、というだけで……」

慌てて付け加えるが、ミラベルは気を悪くした様子もなくにっこりと首を振る。

「いえ、せっかくのお誘いですから、ぜひご一緒したいです。仕事場でのイリアス様のお話も聞いてみたいですし……次に私がそちらに行くのは、休日を挟んで四日後ですけれど、ご都合いかがですか？」

「ああ、じゃあその旨、伝えておくよ。ミラも聖女認定の式典準備で忙しいだろうに、すまない」

「本当に私は楽しみですよ？　お仕事中のイリアス様の姿なんて、滅多に見られるものではないですもの」

そう言って、花が咲いたようにミラベルは可憐に微笑む。その笑みに救われ、イリアスもほっと息をついて紅茶を口に運んだ。

「あまり多くても負担だろうし、食事は僕とミラと……最近よく一緒になるアンディの三人分用意してくれれば良いかな。他の連中は、後でまとめて挨拶すれば良いだろう」

「最近、イリアス様のお話によく出てくるアンディ様ですね。実際にお会いできるのが楽しみです。……食事の内容はどうしましょうか？」

少し考えてから、結論を出す。

「そうだな、アイツは若いからがっつりした内容のもので用意してくれると、きっと満足すると思う。この前のハンバーグのサンドウィッチとか、どうだろう」

「がっつりしたもの、ですか……わかりました。もしよろしければ、それ以外にもう一品思いついたものがあるのですが、加えてもよろしいですか？」

いたずらな光で目を輝かせて、ミラベルは提案する。

そのきらきらした表情に見とれながら、イリアスは快諾した。

「楽しそうだな。君のやりたいようにやれば良い」

○　○　○　○　○　○　○

そうして迎えた、当日。

「初めまして。ミラベルと申します」

アンディを前に丁寧な挨拶を述べるミラベル。そんな彼女を前に、普段お調子者で口から先に生まれてきたような性格のアンディが、凍り付いたようにぴしりとその場で固まった。

「……………？」

ミラベルが不安そうにちらりと相手の顔を見るが、アンディは目を合わせようとしない。

しびれを切らしたイリアスが肘でつつくと、何故かアンディは目の前のミラベルを無視して縋るようにイリアスの方を向いた。

（室長！　婚約者さん、可愛すぎません……？　オレ、緊張しちゃって声が出て来ない……！）

焦りに満ちた小声で、イリアスに必死に報告するアンディ。

（ミラの可愛さがわかるとは、優秀だな。でも、彼女を不安にさせるんじゃない。ちゃんと挨拶をしたまえ）

すぅっと目を細めて、イリアスは脅すように告げる。そのプレッシャーに、ひぃっと声を洩らしながらアンディの背筋が伸びた。

それで覚悟を決めたらしいアンディは、ミラベルへと果敢に向き直る。

「オ、オレ、アンディって言います！　室長にはいつも怒られてばっかりですけど、お世話になってます！　いつもお弁当良いなって気になってました！」

咳き込むような自己紹介。挙動不審なアンディを前に、そうなんですね、とミラベルはふわりと笑む。

そんな二人を前に、イリアスは何故か正体の知れないざわざわとした不安を喉の奥に感じた。

咳払いをして、気を取り直す。

「もう昼休みに入っているから、ほかの同僚たちへの挨拶は後にしよう。先に食事にしようか」

その言葉を合図に、三人はテーブルに着く。ミラベルが弁当の包みをテーブルに出すと、あからさまにアンディの顔が輝いた。

「オレっ、室長の弁当見てて、ずっと美味しそうだなって思ってたんですよっ、だからすごい嬉しいです！」

ミラベルから包みを受け取ったアンディは、相変わらず緊張した面持ちでミラベルに声をかける。

「そうなんですね、そう言っていただけると嬉しいです。お昼の時間もイリアス様は忙しいとお聞きしていたので、お仕事の障りにならない食事をっていうのがお弁当のきっかけで……」

「今日のサンドウィッチは、野菜を足したんだな。前回よりも、随分と豪勢な感じだ」

二人の会話に割って入るように、イリアスは声を上げた。

彼の手の中にあるのは、改良されたハンバーグサンド。

前回と違い今日のサンドウィッチの具は厚く、その形状はすぐ崩壊しそうな危うさを孕んでいた。そんな具だくさんな形状を、薄紙によってなんとかサンドウィッチとして留めている状態だ。両手で慎重に食べなければ、簡単に崩れてしまいそうなシロモノ。

しかしそのぶん具材は贅沢で味の変化に富んでおり、肉だけでなく野菜のみずみずしさやソースの味までたっぷり楽しめるようにできている。

「ええ。今日はお食事を楽しんでいただけると思ったので……ちょっと贅沢にいろいろ詰め込んじゃいました」

えへへ、と照れたように答えるミラベル。そんな少女のような笑みも可憐だ。こんな可愛らしい表情を自分以外に見せないでほしい。この場には、アンディもいるのだから。

「とっても美味しいっす！　ハンバーグ入れるなんて考えたことなかったですけど、ミラベルさんはすごいですねぇ！」

そんな彼の内心など知る由もない、アンディの能天気な声。

「今日の新作の方も見せてくれるかい？」

その発言を無視して、イリアスはまっすぐミラベルに話しかける。

ええどうぞ、とミラベルに渡された包みを開き、その内容に目をみはった。

「これは……」

今回のパンは、いつもと異なり中身が一目瞭然であった。切れ込みの入れられた細長いパンに具が詰められている、シンプルな形をしていたからだ。

そして、ミラベルの狙いに納得する。……確かに、これなら食欲旺盛な男たちも満足できることだろう。相変わらず、パンの中身とは思えないチョイスではあるが。

「なるほど、スパゲッティっすか！」

「はい。若い男性の方向けに、お腹が満たせるものをと思いまして……」

その言葉に、理由もないのに衝動的に軽い苛立ちを覚えた。

その苛立ちの正体を見極めるよりも先に、アンディが言葉を続ける。

「中身の選定もそうなんですけど、その一風変わった中身の活かし方が上手いですよね。たとえばこのパスタのソースの絡め方なんて、本当完璧っす！　……ただ、この食べ方は高位のお貴族様には受け入れてもらえないかもって懸念はありますけど……」

「僕が気に入っているんだ、それで良いだろう」

二人の会話が続くのが耐えられなくて、思わず割って入る。

呆気《あっけ》にとられたような顔で言葉を切ったアンディはイリアスに目をやると、にやりと人の悪い笑みを浮かべた。

「いやぁ……愛されてますねぇ、ミラベルさん」

「え？」

きょとんとした顔のミラベルを前に、アンディはくい、と親指でイリアスを指してみせる。

「室長、めっちゃ嫉妬むき出しにしてオレを牽制してくるんですもん。さっきミラベルさんが若い男性の方向けに、って言った時の室長の顔、ひどかったですよ？　憤怒《ふんぬ》って感じで」

「な……そんなことは……」

思いがけない点を指摘され、声に狼狽が表れた。にやにやと笑うアンディが小憎らしいが、返す言葉がとっさには思いつかない。

「そう……だったんですか……？」

ミラベルの洩らす驚きの声。それにつられて、イリアスの脈拍も早くなる。

これ以上余計なことを言われてはたまらない。

そうそう、とその場を囃し立てるように無責任なことを言い出すアンディの頭を押さえつけてから振り返った。

「そういうつもりではなかったんだが……」

確かに改めて考えてみると、夜会以外でミラベルが若い男性と接する機会は今回が初めてかもしれない。しかしだからといって初めて目にするその光景にこんなにもショックを受けるなんて……。

あまりの許容範囲の狭さと勝手さに、驚きと苦い自嘲の想いがこみあげる。

「すまない、ミラ。不愉快な気持ちにさせてしまったかもしれないが……」

「いえ、嬉しかったですよ?」

「え?」

思いがけないミラベルの言葉に遮られて、ぐるぐる回り続ける自己嫌悪の思考が立ち止まった。

ミラベルは上背のあるイリアスの顔を覗き込むように見上げて、微笑む。

「私のことでヤキモチを焼いてくださるなんて、嬉しいです」

そう述べてからそっと声を潜め、実は私もなんです、とミラベルは茶目っ気たっぷりの表情を浮かべた。

「私も、職場で私の存在をアピールしたくてお弁当なんて言い出したんです。イリアス様には私がいるんだぞー、って」

なんとも可愛らしい言葉に、ついつい職場だということも忘れて彼女を抱きしめそうになる。

「それなら大丈夫っすよ!」

そんな甘い雰囲気をぶち壊すように、頭を押さえつけられながらも懲りずに口を挟んでくる、空気を読まないアンディ。

「室長、最近は昼休憩の時間に、あからさまにデレデレしてますもん。皆が不気味がっているからあれは婚約者さんの弁当の効果だ、ってオレ、周囲に説明するために職場中あちこちを奔走してるんすよ。そろそろ室長の得体のしれない変化も、皆納得してきてるハズっす！」

「……ほう、」

先ほどからアンディの一挙一動に神経を逆撫でされているイリアスは、ぴきぴきと青筋を立てながら表面上はにこやかにアンディに迫る。

「おかしいな、君は昼休憩の間ずっと僕と過ごしているくせに、一体いつそんな職場のあちこちで噂話を楽しむ時間が？　……ああ、もしかして君の仕事はそんなに余裕に満ちているのかな？　だとしたら、君の担当を少し見直す必要が……」

「っ！　いや、違うんです、室長！　オレ、『連絡係』として職場のあちこちに顔を出すことが多いんで、それで……」

「ほぅ、連絡係とは、職場のあちこちで噂話を振りまくのが担当業務だったのか。それは知らなかったなぁ……？」

口の軽いアンディ、別名『墓穴掘りの名人』――彼はイリアスの言葉に、へなへなと力なく床にへたり込んだ。上司である仕事の鬼にそんなことを言われてしまっては、これから先どんな激務が待っているかわからない。

もう家には帰れなくなるかも……そんな絶望に視界が真っ暗になるのを感じながら、がっくりと項《うな》垂《だ》れる。

「……と、言いたいところだが」

「……へ？」

恐る恐る顔を上げたアンディの目に、苦々しそうに、だがどことなく照れくさそうな表情のイリアスが映る。その顔のまま、イリアスは話を続けた。

「確かに、最近職場の連中とのコミュニケーションが円滑にできるようになってきている。以前であれば昼休みであろうと構わず降ってきた案件依頼も最近はとんと見ない。……認めたくはないが、アンディの働きはどうやら効果が出ているようだ」

「室長……！」

「えぇい抱き着くな、暑苦しい！」

無造作にアンディを引きはがしてから、イリアスはミラベルに笑いかける。その今まで見たこともない甘い表情にアンディが呆然としていることなど、眼中にもない。

「……という訳で、ミラ。この愛妻弁当は君の思惑通りに働いているよ。アンディのおかげで僕は婚約者の弁当を大切にする男としてどうやら評判になっているようだし……それに」

微苦笑を浮かべながら、イリアスは弁当の包みを大切そうに撫でる。

「よく考えてみたら、ミラの用意してくれた弁当を、仕事の片手間に味わうこともせずに食べるなんて、できるわけがなかった。毎度毎度僕の想像を超える内容を用意してくれて、ありがとう。おかげで、同僚や部下との会話も弾んだよ。――美味しい昼ご飯を食べながら、同僚や部下に婚約者の自慢をする……昼休憩というのは、想像以上に楽しいものだね」

晴れやかに笑って、イリアスは宣言する。

「昼休憩も帰宅後の時間も確保するためには、これから僕だけの努力じゃなく部下の皆にも協力してもらわないとならないな。……アンディ、僕の手足としてこれからも頼んだぞ？」

「ひぃっ……は、はい！」

返事の前につい悲鳴が洩れてしまったアンディ。

それでも、長年慕っている上司の変貌は彼にとってもとても喜ばしいことだ。

独断専行で自分にも周囲にも無理を強いて仕事をこなしてきた過去よりも、周囲と協調しながら仕事と余暇の両立を目指す今の方が、間違いなくやりがいも張り合いもあるのだから。


——かくして、『冷酷無比な鬼上司《イリアス》は、今では婚約者お手製の弁当を楽しむために昼休憩を重視している』という噂は、アンディの尽力とそのセンセーショナルな内容によって魔術師団の内外に広く知れ渡ったのであった。

……しかし。

その噂の傍らでもう一つの噂がこっそりと囁かれていたことを、世評に疎いイリアスは知る由もない。


——それは。

『次期魔術師団長は、実のところ婚約者の手のひらで転がされている』という噂であった。

あとがき

初めまして、「本人《ほんにん》は至《いた》って真面目《まじめ》」です。このたびは私のデビュー作、『無能令嬢は契約結婚先で花開く』を手に取っていただき、ありがとうございます。

昔から目指していた小説家になるという夢が、とうとう実現することになりました。書籍発売間近となった今でも、正直まだ夢を見ている気分……こんなふわふわした頼りない人間を書籍化まで導いてくださった関係者各位には心より御礼申し上げます。

少しだけ自己紹介ということで、ペンネームの由来でも。私の名前は「真面目」の前に、「本人は至って」とあるのが大事なところ。

——皆さんの周りにも居ませんか？　一生懸命なのにどこかズレている、悪気はないのに周囲を凍らせがち……そんな人間が。空回りしているのはわかっている、でもどうしたら良いかわからない、こんなんでも「本人は至って真面目」なんだ……！　そんな思いを込めて、自分のペンネームを設定しました。

ちょっと変わった名前ではありますが、覚えやすくて良いんじゃないかなぁと自分ではわりと気に入っています。

さて、スペースがあるのでここからは突然ですが、わたしのちょっと変わった特技についてお話ししたいと思います。ちょっと変わった特技……それは、電化製品のハズレを引き当てる運がすごく良いというもの。人は誰しも何かひとつは特別な能力がある——というのは私の持論ですが、まさか自分の能力がこんな役に立たないものとは。

たとえば一人暮らしの時に使っていた洗濯機は、必要な洗剤量が一瞬しか光りませんでした。そのため、スタートボタン押下後はまばたきすら惜しんでボタンを睨んでおく必要があったのです。しかし、当時の私はそれを不具合と気づいていなかった。すると、ある日何故かその洗剤量のボタンがそのまま消えずに点灯し続けたのです。それで「これ、不具合だったのか！」とようやく気づいたのですが……それ以降、洗剤ボタンが長く点灯することは二度とありませんでした。あの一回、本来の働きを見せてくれなければ不具合に気づくことはなかったのに……。

また、たとえば火の映像と共に温風を出す暖房を買ったとき。わくわくしながら初めての起動をした途端、暖房からは暖かな火の姿と共にもくもくと上がりはじめる黒煙が。「火の演出ってここまで凝っているのか！」と思いましたが、そんなわけもなく……その暖房はたった一回の起動の後、返品することに。

また、あるときは買ったばかりの食洗器がエラーを。修理に来た業者さんは最初よくある事例だからと余裕綽々の表情で現れたのですが、やがて「あれっ、あれ……？」と焦りの表情になっていく。そして、しばらく悪戦苦闘した末に、「機械じゃなくて根本のソフトの問題っぽいので出直してきて良いっすか……？」と、出されたのはまさかのテイクツー。

とまぁそんな経験から予想はしていたのですが……原稿を書くために購入した新しいパソコンも、

やっぱり初期不良を起こしたのでした。そう、原稿作成の真っ只中で電源がつかなくなるという、致命的な不具合を。皆さん、クラウド上での保存って本当に大事ですよ（教訓）

その所為でしばらくの間、「電源ボタンを押して画面を光らせる→さらに電源ボタンを長押ししてすべてを無にする→もう一度電源ボタンを押して立ち上がるかどうか待つ」という謎のシークエンスを続ける羽目になりました。電源ボタン、何回押させるの……。幸い、原稿が仕上がるころにその症状もおさまったのですが、いつ原稿が消失するか、冷や冷やしていました。

——そんな私の目下の悩みは、ＡＩアシスタントとの仲がすこぶる悪いこと。命令を無視する、わからないと拒否する……これはまぁ彼らが未熟なんだと寛大な心で許しましょう。しかし、ペットの名前すら「さん」付けする彼らが、主人である私のことを呼び捨てにするのは何故なんだ……？　さらにはメモ機能も、メモの記録はしてくれるけど内容は「色々覚えています」と答えるだけで、中身を教えてくれない始末。公式で紹介されている機能なのに！

もしかすると、ＡＩ戦争は既に始まっているのかもしれません……私の家で。

最後に、もうひと言だけ。この『無能令嬢は契約結婚先で花開く』は、元々「小説家になろう」様にて公開していたものです。これが読者の支持をいただいたことで、書籍化へと運ぶことができました。当時の読者の皆様、またこの本を手に取っていただいた皆様には、心からの感謝を申し上げます。併せて、イラストレーターの鳥飼《とりかい》やすゆき先生、私のキャラクターに命を吹き込んでくださってありがとうございました。

また次の機会にお会いできることを祈っています。それでは！

Niμ NOVELS

同時発売

空の乙女と光の王子
-呪いをかけられた悪役令嬢は愛を望む-

冬野月子

イラスト：南々瀬なつ　キャラクター原案：絢月マナミ

私って……もしかして、悪役令嬢？

魔法学園の入学式。前世の記憶とともに
自分がヒーローとヒロインの仲を引き裂く悪役令嬢だったことを思い出したミナ。
けれど八年前に侯爵家を抜け、今は平民として生活をしていた。
貴族との関わりもなく、小説とは全く違う世界で
このまま自由な学園生活を送れると思っていたのだが……。
第二王子・アルフォンスと並ぶ魔力量や、特殊な属性のせいで
目立ちたくないのに目立ってしまって——！？
愛されたかった元悪役令嬢の転生×逆転ラブファンタジー！

Niμ NOVELS

好評発売中

毒好き令嬢は結婚にたどり着きたい

守雨

イラスト：紫藤むらさき

私の人生にはあなたが必要なの

結婚式を目前にしたある日、エレンは婚約者の浮気現場に遭遇してしまった。
彼との結婚は自分から破談にして、新たな婚約者を探すことに。
けれど、出逢いはあってもなかなかうまくいかない。
それはエレンが毒の扱いに長けた特級薬師の後継者だったから。
結婚相手には、婿入りしてくれて、エレンが毒に関わることも、
娘を薬師にすることも許してくれる人がいい――って条件が多すぎる！？
心から信頼し合える人と愛のある結婚をしたいと思うけど、
理解してくれるのは護衛のステファンだけで……。エレンの運命の相手はどこに！？

ファンレターはこちらの宛先までお送りください。

〒110-0015　東京都台東区東上野2-8-7
笠倉出版社　Niμ編集部

本人は至って真面目 先生／鳥飼やすゆき 先生

無能令嬢は契約結婚先で花開く

2023年1月1日　初版第1刷発行

著　者
本人は至って真面目

©Honninwaitattemajime

発 行 者
笠倉伸夫

発 行 所
株式会社　笠倉出版社
〒110-0015　東京都台東区東上野2-8-7
[営業]TEL　0120-984-164
[編集]TEL　03-4355-1103

印　刷
株式会社　光邦

装　丁
Keiko Fujii（ARTEN）

この物語はフィクションであり、実在の人物・事件・団体とは一切関係ありません。
本書の一部、あるいは全部を無断で複製・転載することは法律で禁止されています。
乱丁・落丁本に関しては送料当社負担にてお取り替えいたします。

Niμ公式サイト　https://niu-kasakura.com/

ISBN　978-4-7730-6406-3
Printed in Japan